既有趣又有料的另一堂阅读课

深深
太平洋

慕云之/主编

张海英 等/著

天地出版社 | TIANDI PRESS

图书在版编目（CIP）数据

深深太平洋 / 慕云之主编 ; 张海英等著. 一成都 : 天地出
版社, 2020.5
（"小青春"美文）
ISBN 978-7-5455-5436-6

Ⅰ.①深… Ⅱ.①慕… ②张… Ⅲ.①散文集－中国－当
代②小说集－中国－当代 Ⅳ.①I217.1

中国版本图书馆CIP数据核字(2020)第000612号

"XIAO QINGCHUN" MEIWEN：SHENSHEN TAIPINGYANG

"小青春"美文：深深太平洋

出 品 人　杨　政
作　　者　张海英 等
主　　编　慕云之
责任编辑　李　蕊　夏　杰
装帧设计　高　欣
责任印制　董建臣

出版发行　天地出版社
　　　　　（成都市槐树街2号　邮政编码：610014）
　　　　　（北京市方庄芳群园3区3号　邮政编码：100078）
网　　址　http://www.tiandiph.com
电子邮箱　tianditg@163.com
经　　销　新华文轩出版传媒股份有限公司

印　　刷　三河市宏顺兴印刷有限公司
版　　次　2020年5月第1版
印　　次　2020年5月第1次印刷
开　　本　680mm×960mm　1/16
印　　张　14
字　　数　224千字
定　　价　29.80元
书　　号　ISBN 978-7-5455-5436-6

序

春光易虚度，不如早早相逢。

临近小雪，却开始下起了缠绵的细雨。窗台的绿萝在这个万物凋零的季节依旧郁郁葱葱，固执地蔓延出花盆，在办公室的地板上艰难生长。

我默哀于我赋予它们的生存环境。也许没有遇见我，它们会过得更好。

办公室的姑娘裹在自己的格子大衣里瑟瑟发抖，一边嘴里如寒号鸟那般喊着"寒风冻死我"，一边喝着冰镇的奶茶，听着她嘴里嘟囔着："冬天快点过去吧，过去吧……"忽而觉得青春真好，没有那么烦躁不安，可以肆意挥霍，就像墙角的绿萝，充满对成长的渴望。

许多年前，友人静问我："幸福是什么？"

那时的我们素面朝天，却在感慨着虚度了年华，消耗着那些无处安放的青春。而今回想，摇头叹息，到底是过于年轻了些。

但办公室的姑娘们说，谁的青春不是这样过来的！

看吧，我们是一类人，看似无病呻吟着生活，却又对美好顶礼膜拜；容易绝望，却又无限期待能跳过幻想的墙邂逅幸福。

在光阴的岁月里，我们大抵都只是一个形色匆匆的过客。

《春宴》里说：

杏花开时，雪白枝条风中轻颤。你在诗中提及，旧日与友人在树下相聚，饮酒，吹箫，穿白衣的少年后来亡故。月光下白色花树和衣衫，何种盛景美况已无法得知。很多年之后，你在遥远异乡的巷子里走过，酒馆灯笼未熄灭，你成了另一个时代里的人，不写诗，易喝醉，只远行。你说，春光易虚度，不如早早相逢。

是啊，春光易虚度，不如早早相逢。

在喧嚣的尘世中，身心依旧温润，守候着心里的一方净土，笑靥如花。

与其总是担忧着年华易老、青春不再，倒不如听一曲悠扬琴音，放下过去的烦恼，摒弃对未来的忧思，让眼前的每一分每一秒都充满美好的气息。

治愈系的插画里有这样一段话：理想的生活在未来，面朝大海，春暖花开。

脑海中不禁浮现出一幅幸福的画面，那是《北京遇见西雅图》里文佳佳的一个关于幸福的梦。有一个爱人，一间能洒满阳光的房子，和一条可爱的大狗。

这大概是对未来美好的期待，时光承载的也正是对幸福的向往。

苦已满溢，前景可待。流年笑掷，未来可期。

愿你流光不负，岁月静好。

目录

第一章

旧时光是个美人

1

2　光阴磨 ／ 作者：米丽宏

6　旧时光是个美人 ／ 作者：张海英

8　追求木棉天堂 ／ 作者：慕云之

10　斗室春秋 ／ 作者：穆清

13　咫尺天涯一盏茶 ／ 作者：楚小影

17　后来 ／ 作者：白海燕

20　鸣鸟为悦 ／ 作者：季宏林

23　余生漫长，愿有岁月深爱 ／ 作者：柳兮

26　小时候，长大之后 ／ 作者：赵悦辉

第二章

流光可惜

29　一转眼，小半生 ／ 作者：张海英

32　有些人，遇见已是世间难得 ／ 作者：辛岁寒

36　酒醉人生 ／ 作者：张海英

38　诗经里的诗意和远方 ／ 作者：谷煜

41　捡一枚秋叶 ／ 作者：张伟红

43　流光可惜 ／ 作者：谷煜

47　家，不是一个简单的字 ／ 作者：王玉秀

50　秋雨，秋阳 ／ 作者：季宏林

第三章

飘过时间海

54　多年以后 ／ 作者：王福利

57　飘过时间海 ／ 作者：时半阙

61　为生命提鲜 ／ 作者：米丽宏

64　相逢是首歌 ／ 作者：罗瑜权

66 月如钩 / 作者：廖静静

68 妈妈家的小院子 / 作者：赵敏

71 回望北极村 / 作者：刘津

74 生命的支点 / 作者：李业陶

76 蚂蚁 / 作者：成秋菊

第四章

你在那里，就是最大的意义

80 一杯老酒，情深意长 / 作者：轻罗小扇

82 供月 / 作者：花莉敏

85 父亲 / 作者：季宏林

88 微燃岁月 / 作者：杨春富

91 后视镜里的父亲 / 作者：王陆一

94 挑扁担的父亲 / 作者：吴瑕

96 你在那里，就是最大的意义 / 作者：沈青黎

98 养鱼记 / 作者：罗鸿

101 追赶火车的人 / 作者：杨春富

第五章

手帕的记忆

104　核桃的香味　/　作者：忆海忘川

107　旧时巷　/　作者：墨彦竹

110　不断送别　/　作者：黛帕

113　再见青河　/　作者：玉晨雪

115　青涩的青　/　作者：马浩

119　从一颗种子开始　/　作者：李占梅

122　被时光之泵抽走的东西　/　作者：海豹公子

124　嫂娘　/　作者：周元帅

127　玉兰静寂　/　作者：福7

129　遥寄外祖母　/　作者：闵晓萍

第六章

愿岁月温柔以待

132　粽情永远　/　作者：朱倩华

134　日暮荒愁　/　作者：凉月满天

137 寸草心，且行且珍惜 / 作者：花莉敏

140 守护记忆 / 作者：知非

143 车站 / 作者：思绪

145 愿岁月温柔以待 / 作者：采薇

149 梦中的小河 / 作者：杨春富

151 你的点滴成长，我都欣喜 / 作者：陈愚

第七章

相框里的故乡

155 善如雪 / 作者：凉月满天

158 湾坝子 / 作者：穆清

160 虾酱碗里日子长 / 作者：王福利

163 锅巴嘎嘣脆 / 作者：季宏林

166 相框里的故乡 / 作者：王玉秀

169 老家的雨天 / 作者：忆海忘川

172 但愿此情长久，哪里分地北天南 / 作者：戚飞虎

175 穿越时空的火车 / 作者：吴瑕

178 愿时光深处，生如夏花，逝如秋叶 / 作者：张伟红

第八章

沙漏

182　短如苦夏 ／ 作者：王福利

184　沙漏 ／ 作者：玄小蛮

186　一转身却是后会无期 ／ 作者：戚飞虎

189　珍惜当下，来日并不方长 ／ 作者：三木

191　挤时间读书乐无穷 ／ 作者：陈玮

193　四月之痛 ／ 作者：农秀红

196　圆明山的慈悲 ／ 作者：福7

200　小丑 ／ 作者：凉月满天

203　白米饭之魅 ／ 作者：米丽宏

206　时间的主人 ／ 作者：李晓明

6

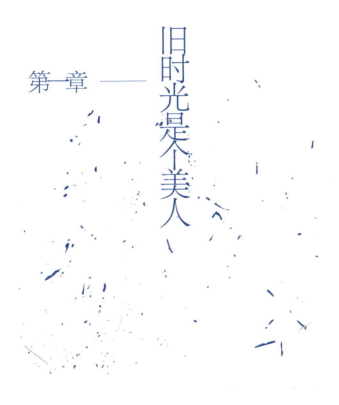

第一章 —— 旧时光是个美人

人生中那些美好的东西，它们终有一天都会来到你身边，无非只是时间早晚。但如果结局是好的，其实迟一点也没有关系。

光阴磨

作者：米丽宏

听到一个词儿：磨镜。很古旧。是啊，以铜镜照面，那都是啥年代的事儿了！可是，那时的镜子，就是拿一块一块铜，人工打磨，一直磨到光亮可鉴，才成镜子的。

啧啧！只有古人才会花那笨力气。

磨镜，还不是最厉害的。据李白说，他亲眼见过有老婆婆拿着一根铁棒子要磨成针！此遇见，当是史上最传奇的一个邂逅。要么老婆婆是仙，要么那孩子会成仙。果然，李白因此顿悟到："功夫"是靠"磨"出来的。他发奋"磨"书，终于成"仙"，我们叫他"诗仙"。

当然了，磨，很有点疼痛感的，可疼又如何呢？世间万物，角角落落，哪个不在经受着"磨"呢？在"磨"中痛，也在"磨"中快乐和重生。一个人成长的历程，就是受磨砺的过程。被小病小灾磨，被贫穷困苦磨，被挫折坎坷磨，被悲欢哀乐磨。纵使从小到大，锦衣玉食，万事顺遂，亦免不了被光阴磨。

到老来，一马平川，履历平平，竟没有值得回忆的亮点，岂不是另一种痛么。作家余华在《活着》中说："活着，在我们中国的语言里充满了力量，它的力量不是来自于叫喊，也不是来自于进攻，而是忍受，去忍受生命赋予我们的责任，去忍受现实给予我们的幸福和苦难、无聊和平庸。"活着就是忍受，忍受就是磨砺，磨哪儿，哪儿不痛呢？

老辈儿人，教人读书，爱说：文选烂，秀才半；教人学诗，爱道：熟读唐诗三百首，不会写诗也会诌。"文选烂"，想来是久之自悟，步步生莲，自是磨烂的。那唐诗熟读，何谓"熟"呢？也不外乎磨烂了，嚼碎了，吸收了，跟自我融成一体了。

这磨，真是要有一股子专注劲儿的。光阴如梭，人生浮脆，专注好似一柄锐利的钻头。光阴在磨你，你被光阴打磨成另一个自己。我们老话常说的，日有所思，夜有所想。梦也梦见，爬也要爬到，岂不就是在说专注的功效么？冥思千回，灵感蹑足而至，忍受成了习惯，秩序悄然重组。

你的习惯，加上你行事的秩序，岂不是一个大轮廓的你呀。《老残游记》的《序》里说："《离骚》为屈大夫之哭泣，《庄子》为蒙叟之哭泣，《史记》为太史公之哭泣，《草堂诗集》为杜工部之哭泣；李后主以词哭，八大山人以画哭；王实甫寄哭泣于《西厢》，曹雪芹寄哭泣于《红楼梦》。"都是男人的哭啊，因心清，因心痴，因心悟，才有那时代顶尖儿上的长歌当哭，那哭叫我一阵阵心惊。他们把一腔情、整个儿心，投注于横平竖直的文字和坎坷不平的世道人心，把生命打磨成了一场震撼史册的哭，至今哭声隐隐。

光阴总是磨人，有繁华，必有萧瑟，有红颜，必有色衰；才是美目盼兮，转眼鹤发鸡皮。大自然的脚步，任谁能阻止得了呢？

人在光阴中的自我打磨，却是一种选择。不知谁说的：前半生只知好强争先，后半生才晓退让放宽；前半生只知努力发财，后半生才晓慈善散钱；前半生唯知高处光荣，后半生才晓高处不胜寒；前半生处心积虑，后半生才晓无心之道唯圣贤。荣格说："你生命的前半辈子或许属于别人，活在别人的认为里。那把后半辈子还给你自己，去追随你内在的声音。"前者列举的是活着的表象，荣格的话是自我生命意识的苏醒。

这让人想起弘一法师。民国十四年初秋，弘一法师到宁波七塔寺清修。老友夏丏尊前来拜访。法师正吃午饭，见面三分情，问要不要同吃。"吃不下，我看着你吃吧！"法师遂不再劝，自顾自继续用餐：一碗白米饭，一碟咸萝卜干。

夏丏尊心酸不已，轻声问："这么咸的萝卜干，吃得下吗？"法师竹箸微顿，回曰："咸有咸的味道。"食毕，又倒白水一杯，慢慢喝下，样子依旧悠闲。"这么淡，喝得下吗？"法师淡然一笑："淡有淡的味道。"出家前锦衣玉食，当此时已心素如简，人淡如菊。

这个人称"二十文章惊海内"的大师，做人做得太完美，风骨、才骨、傲骨一样不少，作诗作得雅，起文起得正，又会书画又懂篆印，编曲演戏样样在行。

年少轻狂时，也琴棋书画、风花雪月。中年"自以为顿悟"，披剃于杭州虎跑定慧寺，遁入空门。断绝尘缘，超然物外，几乎废弃了所有的艺术专长。耳闻晨钟暮鼓，心修律宗禅理，给世人一片惊愕。其一生恍若两世，也不过是光阴中的自我顿悟与修行。

然而，人，从来不具有光阴的所有权，贫富贵贱，我们只能打磨攥在手里的每一寸光阴。

光阴磨人，最难的该是一种坚持了。

跟你一道的路上，必有前行者，有歇脚者，有歌唱者，也有讥讽者，别人做什么，说什么，与咱何干呢？唯一要做的，是走好自己选择的路，走出原则，走出情调，走出境界。万物走在节气里，你走在自己的路上。跟着光阴走，每一个不曾起舞的日子，都是对生命的辜负。

　　泰戈尔说："只有流过血的手指，才能弹出世间的绝唱。"

　　看看供我们使用的光阴，最长不过三万六千余日，做太多太复杂的事情，真的不太够；那就先在简单的事情里，磨就一个自己。也许打磨的过程有点长，有点累，有点枯燥，但你要真诚地喜爱受打磨的自己，其他的，勿作声，勿表白，一切交给光阴去说话。

旧时光是个美人

作者：张海英

回头一望，那些旧时光，清晰如昨却又遥不可及。发黄的记忆里，她静默不语，冷艳妩媚，远远地站着，却让人忍不住一遍又一遍回望。

旧时光，她是个美人！

几年前的一个元旦前夜，我在县城里忙着单位年末结账。儿子曾经邀我一起看跨年演唱会，我说："妈妈年底那天最忙，对不起了。"他云淡风轻地说："好吧，自己看自己嗨。"我知道，他有些小失落。这个大男孩，快乐的时候最喜欢和我分享。

忙碌了大半夜，终于结束。走出工作地点，蒙蒙得有些困倦。外面正巧下着雪，细碎的雪花密密倾泻，透着路灯的光，像一道道细线从天空中斜斜地抛下来，有些黏，有些凉。这个时候，下这样的小雪，心里暗生欢喜。抬起头，与细雪相迎，一些细小的冰冷落到脸上，清凉且调皮。我困意顿消，贪恋这样的夜色，备感清醒。这一刻，如释重负的感觉真好。

慢悠悠地踩着细雪，咯吱咯吱地返回旅店。我是不急着走的，好想站在雪地里，以这样清醒而懈怠的心情，站成一个雪人，无忧无虑地迎来春暖花开。回到住所，已是深夜。偶尔几个旅人，满脸疲惫，脚步匆匆。走到四楼，踩着最后一个阶梯，我抬起头下意识地看看钟，十二点！不早不晚，刚刚好！哦，跨年了，我为之一震。新年来了！我的新年旧岁在如此寂静的异地悄悄度过了。儿子，此时你在听哪一首歌？

去年冬天的雪格外多，一场接一场，让这个冬季显得格外漫长。北方人对此司空见惯，人们擅长在这悠长的季节里，幻想鸟语花香。家里养了些花，年前年后，忙不迭地盛放着。可怜那两棵君子兰，尽管被卡在叶子里，花朵仍然努力伸展，让人心痛的同时，也被它执着的精神感动着。

还有一棵精致的兰花，小而淡雅的蓝白色花朵，静静地开着，不显山不露水。你会在一个早晨，不经意间看到一朵花，然后接二连三，满盆的花都开了。只是这花开得急促、去得短暂，很容易就错过了。忙忙碌碌的日子里，我被一些琐碎困扰着，只看到了两三朵花。再想起那些宁静淡雅时，它们已经孑然零落了。它们曾经尽心尽力地开着，我却忽略了。想来，是对不住它们的。花开一回，若没有个人来欣赏，岂不是辜负了那些馥郁和美艳。我们在忙碌和琐碎中匆匆走过，追赶着貌似光鲜的追求，谁能真正清晰地知道，那些追求，是不是我们内心里真正想要的生活。而那些旧时光，犹如美人，在我们的懵懂和无知间匆匆老去，我们来不及欣赏她，品读她，爱护她。当我们在意自己的心情，计较个人得失，还有类似凡此种种的小我琐碎时，她正安静地离开，没有半点责怪。等到我们幡然醒悟，已是物是人非、物换星移了。

今天，终于等来了今春第一场雨。细雨脉脉，无声无息，恬淡而乖巧。于雨中回想着那些流逝的日子，回味因忙碌而忽略的旧时光。再见，旧时光。努力把回忆的片段连缀起来，成为线索，握在手中，好在我们老去的时刻，循着线索和那个苍老的美人促膝长谈。

追求木棉天堂

作者：慕云之

　　彼时还在学生时代的郭敬明写了一首《找天堂》，多年来一直让我记忆深刻。读书时将它写在摘抄本上，后来背诵默写，看到一处空白就想把它写上去。也许是想给自己一个追求的希望，也许只是想给自己一份追求的勇气。

　　我在天堂向你俯身凝望，就像你凝望我一样略带忧伤。

　　我在九泉向你抬头仰望，就像你站在旷野之上，仰望你曾经圣洁的理想。

　　总有一天，我会回来。

　　带回满身木棉与紫荆的清香，带回我们闪闪亮亮的时光。

　　然后告诉你，我已找到天堂。

　　我一直都觉得，人生中那些美好的东西，它们终有一天都会来到你身边，无非只是时间早晚。但如果结局是好的，其实迟一点也没有关系。如果它还没有到来，那只能说明还没有到那个"到来"的时刻。

　　追求，有时候是一种很可怕的执念，它让时间变成了不可理喻的短暂，让你的眼里只剩下希望的光芒，固执，且坚不可摧。

尽管如此，生活却总是会猝不及防地给你更大的"惊喜"。在追求的路途中，你的努力，可能在别人眼里都只是一个笑话。

好在还有时间这个好东西，让所有开心的、高兴的、悲伤的、难过的，到了一个时间点上，就会被淡忘。或者，想起来的时候也已经不会是当初的满心喜悦或痛不欲生了。

我总是无比怀念过去，即使它曾经是那么的糟糕，哪怕当时当地的我多么的痛苦，我依旧怀念它。至少，当时的自己，依然对未来充满着年少的幻想和憧憬。

越长大越孤单，这种生活状态是真实存在的。

多少人穷尽一生都在找寻着属于自己的那个美妙且没有忧愁的天堂，却又终日让自己活在生活的桎梏中裹足艰行，但你见过有谁因此而放弃吗？

恐怕也是寥寥无几。也许经历所能改变的，正是这样的我们。

因为失望，也因为充满希望。

和朋友围坐的时候，他们都会和我说，很怀念当时的自己。那些我们一起经历的通宵达旦，一起面对的那些刁钻任性又挑剔的专家，一起在走廊过道凌晨三点的嬉笑打闹……这就是我们回不去的过去，这就是我们需要追求的现在和未来。

人的改变是可怕的，不论出于什么缘由。也或许，其实这其中根本没有人改变，改变的只是我们的追求。

所以，别轻易放弃，人生其实就像抛物线，哪怕已经走在了下坡路上，只要继续走，前路总会往上的。

斗室春秋

作者：穆清

几年前，我将城里一间房分隔为二，其中之一装成了"茶秀"。

茶秀内，壁顶以浅焦糖色桑拿板装饰，南面墙上点缀有精致饰品，北面墙挂一电视屏，东面墙托一小型博古架，西面有两扇明亮大窗，窗下附一微型书架，抽象式落地灯立于一角，室内四角有如帘绿萝垂吊。茶秀中央，四把鸡翅木太师椅簇拥一古式鸡翅木茶桌，一盆艳丽鲜花端然搁于桌上。茶秀虽小，装饰与陈设还算雅致。

凡晴日，一抹阳光挤进茶秀，桌上陶壶的蒸气在阳光里悠然飘袅，室内香雾氤氲，茶香四溢，浪漫与惬意中极富诗意。

起初，"茶秀"不叫"茶秀"，为"咖啡吧"。原是在那之前，我并不喝茶，而是酷爱咖啡，除此便是白开水的世界，几十年如一日。

三年前，一次际遇，开启了我的饮茶生涯。起初，浅尝辄止。品几款后，便不可自拔。此后，"咖啡吧"里茶事繁忙，茶成了主角，斗室更名为"茶秀"也就理所当然了。

自喜欢上饮茶后，喝茶成了我每天的必修课，与茶秀相处，占据了许多时光。自然，时间不能总是用于喝茶，只是觉着茶秀环境舒适，坐在茶秀里易激发垒字激情。一旦灵感来临，便趴在键盘上，像往怀里抢扒银子似的快速拨拉。无意垒字时，便从书架上抓起一本书，欣赏锦绣，寻找珠玑。有时茶喝得兴奋了，遂离开茶室，及至书房，提笔蘸墨，酣畅一番。偶有身心怠惰时，便来至阳台，打理花事，心情便很快愉悦起来。如此这般，每日粗衣素食，临池敲字，煮茶理花，日子似行云流水，气朗风清。舞文弄墨是我儿时喜好，随着暮景渐深，不忍抛掷光阴，遂重拾旧好，自觉日有进益，便藉以了却夙愿，也为暮景明净清朗，秋水波澜不惊。

自有茶秀后，但凡亲友来访，茶秀就成了会客室。茶秀里茶事繁忙，除主人每日上下午茶外，时常有三两好友前来相聚。但凡来客，便径邀茶秀，品茶，聊天。兴致浓时，海阔天空。那感受，如周作人所说，与二三人同饮，得半日之闲，可抵上十年尘梦。那时，你便觉得，得闲便是人生主人，真可谓形器不存，方寸海纳。每至豪情奔放时，就会想起一副对联："小茶室，大世界，留你一席；论英雄，谈古今，喝它几杯！"以此写照，极为恰切。

茶秀隐于市，主人不问尘世，静观风云。茶秀的两扇窗，如同一双明亮的眼睛，览日月流变，观红绿肥瘦。初春，把盏弄茶，看窗外春雨如丝，润物无声，初见花芽萌动，不日便似锦繁花。夏日，端一盏茶，看湛蓝的天空，朵朵白云行色匆匆，仿佛在与这个时代同步。秋风萧瑟时，看窗外零落的景致，再看看手中的茶，恍惚中不知是秋景如茶，还是茶色应了秋景，不觉茶似乎少了温度，心也为之怅然。寒冬腊月，煮一壶热茶，看雪花飞扬，猛觉得是苍天为祭奠所有轮回的生命送出的素花，银装素裹的大地，一场新生又将孕育萌动。蓦然意识到，茶秀里这小小的窗，如一面镜，了然万象；这小小的壶，若一江水，流淌经年；这小小的茶秀，似一座城，坐拥乾坤。

　　人难免会生烦恼。每当这时，我总会去茶秀一坐，静下心来，用心礼茶。俗语说："茶为涤烦子，酒为忘忧君。"专注于茶，也就淡了烦绪。庄子云："堕肢体，黜聪明，离形去知，同于大通。"我向往他的"坐忘"所达到的生命状态，尽管我品茶尚不能达心如止水、澄心味象之境界，但我愿笃守这一茶道法门，使心境得以清静、恬淡，伴随茶香弥漫，让境界得以升华，亦净了烦忧。

　　茶秀也是我修身养性之所，通过品茶，参悟茶道，解茶意，品人生，在品茶中求心境之宁静，敬万物于内心，甘苦中养情趣，忘物欲中达至善。茶秀成为我清静的去处，不单是饮茶，细品思索中，让人萌生许多关于人生的联想，由此也默化着人的心性和品质。

　　我与茶秀相伴了几年，这些年茶秀成了我精神的依托、心灵的寄所、晚年的宿地，身居其中，便灰身泯智，总是陶然忘机。清代诗人查为仁有诗云："书画琴棋诗酒花，当年件件不离它；而今七事都更变，柴米油盐酱醋茶。"我则不同，除柴米油盐酱醋茶外，我还有梦，并已与中国梦汇织一起，茶秀将是我的圆梦之所。

咫尺天涯一盏茶

作者：楚小影

以心传心，最初是透过诗词，如今是透过一盏茶了。不觉，一别已是七年。

犹记得初离别，笔下有诗云："复至昔日只有梦，缘何梦中不见卿？"

后来，又有诗云："思情汉水流不尽，多少凉梦入秋心。虽说梦里偶能遇，可怜做梦不由人。"

就在这时候，雅芬寄茶来了。从此，年年寄茶过来。思念起，透过一盏茶，天涯就成了咫尺。思念灭，咫尺又成了天涯。就这样看着心上生起的相忆的念头，一个接一个地来，一个接一个地去。以前透过注意，把某个瞬间的念头记下来，形成了诗。如今透过注意，念头流进手指，开始与茶器依依惜别，犹如指尖的舞蹈。

这些一念里的诗也好，一念里的舞也罢，无非是些思情。其实，思来也很少去诉说，正所谓真相知何曾疑。再者，作为多年的故友，对于心念，无非是旁观，注意它的来去罢了。其实，当我们注意到每个念头，就暂停了延续，没有了然后，唯有安详的会心一笑。

水消失在水里，茶消失在茶里，记忆消失在记忆里，而我的心消失在你的心里。这样没有负担的相对欢喜，总觉得是一种稀有的福报。

多少次，故人去我昔日的居所，替我探望那里的草木。而我，却在远方品尝着故乡那纯朴的茶味。生长环境很好的云雾茶，在我面前年复一年地散发着茅草的清香。我们遥遥相对，各行其意，知足自乐。真如当年离别时雅芬潸然泪下所说："无论我们如何不同，都不影响我们的感情。有的朋友注定是用来思念的，而我们总有各自的方式，思念彼此……"

今年，夏雨初歇，万绿送凉，雅芬的新茶又来了。这一次不同往日，跟随着心中的第一念头，透过这些念头的不断组合，便有了这次清凉茶席的缘起。

席布换了洁白色，嫩叶如绿色菊花的罗汉松是主角，犹如龙头，黑色沉木作舟身，舟上载着嫩黄玉米，鲜红油桃。一壶两杯茶，两杯茶放在一条棕叶上。所用之物，颇为家常，却最适合表现我与雅芬素朴而悠远的友谊。七年前，我与雅芬在同一家瑜伽馆上课。我们上课时间不同，常常是她中午的课，我下午的课，也或者是我中午的课她下午的课。我们教瑜伽要空腹两小时，上完课差不多又一个半小时了，再有路上的时间，故而我们总会及时地补充一点健康的食品。如此，彼此就常常将些小礼物放置在化妆间一角，多是些煮熟的玉米或者水果。这样时常地拿到小礼物，也犹如彼此相见了一般。

眼前布满的回忆还没有够，我还穿上雅芬相赠的旧衣，佩戴了相赠的玉镯。对镜自照，真是柳眉已是久别淡，思却年年胜新茶。

有道是缘去莫攀，缘变则随，缘来则惜。举茶之际，兴起，心随念去，念念成歌，特记之。

怀思

梅雨歇兮幽室清，换旧衣兮佩玉镯。

集旧物兮感新意，布茶席兮寄思歌。

松柏枫兮绿满窗，红紫薇兮夕颜洁。

草木荫兮居蜂蝶，双鸟欢兮皆念佛。

兰蕙摇兮栀子香，夏鹃花兮层层叠。

风过窗兮炉烟散，抚七弦兮古埙合。

沏仙茗兮见卿容，亭亭绿兮还清澄。

帝苑浆兮回甘久，佛天露兮天台成。

江南茶祖兮云雾茶，韩日茶源兮云雾茶。

吾为卿兮奉一盏，愿卿安兮事事佳。

吾替卿兮奉一盏，感卿祈兮为吾家。

吾欢饮兮一盏盏，喜相知兮无天涯，喜相知兮无天涯。

后来

作者：白海燕

我十二岁读《红楼梦》，不能说当时的我能读懂什么，但一个人过早地捧读这样一本书，真的很难说是幸还是不幸。至少对我来说，它在敏感的心上播下了一颗悲观的种子。

少年人都爱热闹，大观园无疑满足了这样一种愿望，这里有的是美丽、青春、友爱、富足、风雅。可是到后来，树倒猢狲散，宝玉出家，"白茫茫一片大地真干净"。一场繁华如梦，转眼在纸页间成空……一直记得那个夏天，一个人低头翻书、默默哀恸的情景。是《红楼梦》第一次把人生的真相指明给我，当我放下这本书时，心理年龄陡增了好几岁，不再是父母眼里嘻哈的少年了！

我就这样地被赠与了一双"悲眼"，也因此无法真正快乐，在本该明朗的少年时期。"后来，王子与公主过上了幸福的生活"，这样的童话骗不了我，我知道它另有一个真实的版本：后来，公主会老，王子会死。什么都会消失，消失比存在永久。

我不喜欢"后来"这个词。它给一切美好的现状安上了一个暗淡的尾巴，它暗示了注定的虚空。

是的，再欢喜的相聚，都有散的时候。人去屋空后，心里的失落如同伤疤一样独个儿舔着。为这，我一直不喜欢聚会。过年是有趣的，但有趣的也只是除夕前的筹备与等待。当新年钟声敲响时，那蓄积已久的欢乐也被冲天的烟花带走了。然后，年假越来越短，像兔子的尾巴。然后，生活又回到原来刻板的流程里。消受每一片春光都是心虚的，生怕那流水落花春去也；欣赏每一场雪景都是急迫的，唯恐那雪融成水，露出大地狰狞的面目。看到每一个孩子都是珍爱的，目睹每一朵花开都是疼惜的。参加婚宴时，从不人云亦云地祝福，只在角落里贪杯。因为谁也不知道，后来，后来的后来，岁月的风刀霜剑，如何改变着两个人的河山。

记得初中时，有一位师母十分漂亮，是井底之蛙的我们视为明星般的人物。因此，聚焦了全校女生的目光，连和她生活在一起的那个并不出色的丈夫都被我们看重了。但是，她最好的光阴也就在那几年。后来，等我师范毕业分配回去工作时，我的漂亮的师母已如枯萎的花朵，是血液病的缘故吧，那张失血色的脸像一张旧报纸，每次看见时都搅动我心底的哀恸。那种爱花惜花的心情怕是可和黛玉的《葬花吟》相匹敌吧！我情愿不来到这里，没有后来如此这般的惊惧与伤感。

读张爱玲的《霸王别姬》，感兴趣于那段虞姬的心理描写。她担心霸王功成名就后，自己只能是他后宫无数佳丽中的一个，然后冷清地度过余生。与其那样，她宁愿选择此刻就死在这个男人的怀抱里，成为他心上的朱砂痣。她在生命的最后说："我喜欢这样的收梢！"好个明智的虞姬！掌控着自己的结局，止于所当止，华丽转身，舍却后来。当然，这是张爱玲笔下安排的人物。至于她自己呢？那个妙笔生花的奇女子，可怜她，后来老死于异国他乡的旅馆里，好几天都无人知晓。一想来就叫人恨，叫人唏嘘不已啊！

后来，这个词，就像一道咒语，在我这里。明明近视眼的我，却偏偏戴着一副远视镜——远到空视一切，悲观所有。

直到有一天，听蒋勋老师说红楼，他说：《红楼梦》写的是空，但写的更是执。你知道终点在那里，但你不能只盯着终点，你要爱，你要有滋味地经历终点之前的过程。这才是我们来这一遭的意义。（大意如此）一语醍醐灌顶。原来，那么多年里，我只看到了空，而忽略了执；只看到了后来，而忽略了当下。殊途同归，我只看到了"同归"，而忽略了"殊途"。

不能因为后来会散场而浪费进戏院的那张票，你不能，我不能。津津有味地看下去，不知不觉到尾声，再散场，才好啊。

19

鸣鸟为悦

作者：季宏林

　　春天是个大舞台，不光有花团锦簇的背景，还有各种鸟儿甜美的歌喉。面对繁华、热闹的景象，就算再有定力的人，恐怕也会挣脱俗事的羁绊，潇洒地走进大自然。

　　美好的一天从清晨开始。朦胧中，窗外传来一阵鸟鸣声，划破了清晨的宁静。我眯着眼，聆听着天籁之音。喊喊，咿咿，唧唧，喳喳……清脆，婉转。那情形，像是在举办一场盛大的音乐会，时而独唱，时而合唱；又像在召开一场学术研讨会，有时窃窃私语，有时争论不休。

　　窗外如此热闹，我早已按捺不住内心的喜悦，倏地掀起被子，洗漱完毕，吃过早餐，匆匆地奔出家门。

　　湖边，几只黄鹂在枝头蹦蹦跳跳，卖弄着一副甜美的歌喉。燕子呢喃，穿过柳丛，掠过湖面，飞向蔚蓝的天空，但不一会儿又踅了回来。

　　路过一片竹林，里面传来阵阵鸟儿的喧闹声。我只闻其声，却不见鸟儿的身影。它们像一群隐于深山的绿林好汉，正在密谋一场惊天动地的起义。不料，却被一个过路人无意中窥破了机密。

走在大街上，一阵阵喧嚣声如潮水般席卷而来。虽说身处其中，只要能够静下心来，自然也就没有了嘈杂声，只听到小鸟的歌唱，好像鸟的欢唱过滤掉了一切杂音。心远地自偏，不闻车马喧。想来，这句话说得不无道理。

单位院内种了许多花草树木，像个大花园。每天，鸟鸣声不绝于耳，尤以清晨为甚。就冲着这一点，我总会一早赶过去，直奔小树林，寻找鸣鸟的踪迹。小鸟藏在繁茂的枝叶间不肯露面。不过，叫声却未间断，时远时近、时高时低，悠扬、悦耳。室内，我敲击着键盘。窗外，鸟儿欢叫。有鸣鸟相伴，再寻常的日子也有了几分生动和韵味。

鸟儿与人类一样，喜欢春天艳丽的花朵，也喜欢庄稼的繁茂和芬芳。

山光悦鸟性。百花齐放，鸟儿欢悦，梦里梦外满是鸟语花香。这也难怪，憋了一冬的鸟儿，好不容易盼来了春天。于是，纷纷亮出美妙、动听的歌喉，开始了一场接一场的音乐盛会。

闲暇之际，约几个朋友，去寻古探幽。群山远壑，草木葳蕤，泉水潺潺。山间，鸟鸣声声，或悠长，或急促。那声音似卧于草尖上的露珠，圆润，清亮；又如清风拂过衣袂，环佩叮当作响。人与鸟儿同乐，忘却了尘世的烦恼，似乎也动了归隐之心。

静夜，山鸟栖于枝头，默然，不语。云开，月出，天地一片清辉，照彻空寂的山林，也照见前世的自己，内心的湖水掀起一阵波澜，一声长鸣，余音缭绕，空谷回音。也许，它本是一个多情女子，背负着太重的情债。就像深山里修炼成仙的白娘子，到底还是情缘未了。只要人间的他一出现，便立刻动了凡心，接受尘世的招安。

世间，最幸运、最有诗意的鸟，要算雎鸠了。大概连它自己也不会想到，有一天它会被写进《诗经》里，成了一首诗中的主角。关关雎鸠，在河之洲，"关关"和鸣，相携，相爱，徜徉在美丽的爱情诗里，从古咏到今，不离不弃。

我最喜欢听喜鹊有节奏的高亢的欢叫，那是一种他乡遇故知的激动和喜悦。小时候，一听到喜鹊喳喳的叫声，我就会匆匆地奔出门，顺着它的叫声找寻。看它落在谁家的树上，就知道谁家要来客人了。我时常想着得它的眷顾，给我家带来喜讯和福音。

暮春时节，麦穗饱满，油菜结荚。"割麦，割麦"，"布谷，布谷"，一声接着一声，那是布谷鸟在催促着农事。人勤地不懒。收割，布谷，插秧。在一年的守望中，颗粒归仓。

山气日夕佳，飞鸟相与还。我多想与陶公一样，结庐在深山，日日闻鸟鸣。山间，散发出草木的清香，在一片绮丽的霞光中，与飞鸟结伴，荷锄，归来。

余生漫长，愿有岁月深爱

作者：柳兮

小时候盼望长大，后来才明白，不盼望也会长大。长大后，怕自己会老去。结果是，即使害怕，自己也一样会老去。原来，这一切都是那么身不由己。

所以，从现在开始，不要再活得那么纠结。走出去，踏雪寻梅，去感受雪舞梅香的优雅；邀一程素月，把酒话桑麻；沿着一段叫作缘分的小路，寻找一处淡暖清欢。

岁月翩然，盛大而隆重，唯有用心感受，才能体会人生的真谛。无论是春暖花开，还是海棠微雨，抑或是人淡如菊，花红雪白，都是生命里最清喜的味道。守一段清欢，静待流年。虽然这个冬天凉薄了些，可是，雪花飞舞又何尝不是别样的风情？

光阴娴静，我们在轻雪落痕的流年里行走。这一程，悲喜与沧桑结伴，琐碎与烟火交织。那些水墨飞花，依旧在流年里落笔，从春花念到冬月，从晨曦念到暮雪。经年的故事，已经在笔下长满岁月的青苔。多少春花飘零水自流，多少沧海化成了桑田。

陌上的冷风，依旧在吹落绽放的寒梅。时间像古旧的柴门，吱吱呀呀响个不停。我与时光把酒言欢，与往事握手言和，以平常之心与余生邂逅。用一笔一画、一针一线，书写锦绣年华。

人生，去有去处，归有归途。岁月如歌，唱着一路的悲欢离合，聚散别离都是故事。如此，笔下的每一次感悟，都是人生最美的修行。

每天，都要学着微笑，并不是因为多么快乐，而是不想让忧伤住进来；让温暖的阳光，暖去心底不知名的凉薄；让洁白柔软的雪花，点缀冬天的温柔浪漫。身在尘埃，心在云端。余生，好好爱自己，向美而生，朝着远方去旅行，去看那美丽的风景，去寻找梦想的归宿。

日去月来一天，花开花落又是一季。

岁暮回首，过去的已经过去，未来已经在路上。这一年，走得太匆忙，还没来得及停下细细欣赏沿途的风景，时光就忽而收回了手。

渐渐地，学会独立，告别依赖，学会风雨兼程，学会对曾经软弱的自己说声再见。站在时光的门边，学会拈花微笑，慢慢变好。活成自己喜欢的样子，才是给自己的最好的礼物。

挥别过去，送走满满一载，终于迎来崭新的篇章。我在轻雪纷飞的江南，隔着天涯，写一阕残章断句，与往事道别。静静栖息在文字深处，挽住岁月枝头的一剪寒梅。都说岁月无情，只有有情人才能读懂它的情深。走过多少荆棘，踏平多少坎坷，总有一个人，陪你细嗅花香，看落日烟霞，悲欢不弃，结伴而行。

我途经的山河岁月，清远，近幽，遗世，婀娜，开成一朵洁白的莲。请相信，你所付出的情深，岁月一定深情还你。愿未来，所有的美好都应运而生。愿你的生命，享一场永不凋谢的花期。

或许，人生本来就是一场重逢与错过。聚也罢，散也罢，不过是缘起缘灭。一念之间，转身一别两宽。走过多少春夏秋冬，心境也渐渐豁然开朗，变得淡泊宁静，自得其乐。愿岁月厚待，赐予你的尽是温柔。愿时光带走，终有一天会成全。

岁末，冬来过，雪来过，手拈往事，静品茶香。且将新火试新茶，诗酒趁年华。无论对过往有多么不舍，都要学着放下，因为未来还有无限可能，有很多希望和梦想。我们要享受当下的时刻，用莞尔的笑意，让祝福盈香。余生漫长，请与岁月深爱。

小时候，长大之后

作者：赵悦辉

我是一个念旧的人。一有时间就会想起从前的事情，憧憬未来的时间也远没有怀念过去的时间多。

所有的时光中，我最怀念的就是初中。我的初中离我家很近，上学的时候每天步行到学校。明明每天下班之后可以到站下车，我非要提前一站到中学的门口下车然后走回家。夏天看着操场就能想到自己在校园时的欢乐，瞬间就消除了工作一天的疲惫。

这个习惯有一年多了，之所以还会在学校周围看看，最多的一部分原因是虽然十年过去了，但是学校没有丝毫的改变。唯一改变的只有我。

有时候感觉很奇怪，为什么在校园里，看到的都是在学校当学生的不好。要早起，要跑早操，要写作业，要回答问题，要上晚自习，要吃学校不好吃的饭菜，每天有写不完的作业，不能看电视，不能玩手机。除了学习，做一切娱乐的事情都有负罪感，感觉对不起父母。

可离开校园之后，想到的却都是上学时候的好。上学时候可以肆意地奔跑，就连上个厕所都有伴。有什么悄悄话，只要写在纸条上面传给好朋友，就能得到对方的安慰，然后就想开了。喜欢在课间躺在小湖边的草地上感受清风，运动会上声嘶力竭为同班同学加油，汗流浃背地跑完800米。放假一起去游乐园，在'海盗船'上，在'激流勇进'中一起大叫。这些感觉毕业之后都没有了。

做学生的时候情绪最多的就是抱怨，感觉很累。到底什么时候能像站在讲台上的老师一样轻松，不用全神贯注地听课，不用写作业？

每次看着学生拿着白板笔在白板上写字，模仿老师，我都会想到以前的自己。当我是个学生的时候，我也喜欢假装自己是老师。现在当了老师，最羡慕的就数眼前的学生。

当学生的时候想变成老师，当老师的时候想要变成学生。

现在做了老师，才知道老师的不容易。两相对比，还是做学生容易一些，只要管好自己的成绩就可以，而老师要管全班的成绩。

即使是走在自己工作的校园，也不能让我感到轻松，只有那个我读过的学校才能让我感到轻松。

工作中的压力让我想到美好的童年时代，明知道回不去还是忍不住想念。不过，怀念之后，我还是有了感悟。人只能向前走，不能往后退。再怎么怀念也都只是怀念，从前的抱怨才有今天的怀念。怀念像一杯咖啡，加再多的糖，也改变不了苦的本质。为了不让自己今后喝更多的'咖啡'，就不要再抱怨现在。怀念过去，憧憬未来，把握现在，珍惜现在，创造更多美好的回忆才是尊重生命，尊重时间。

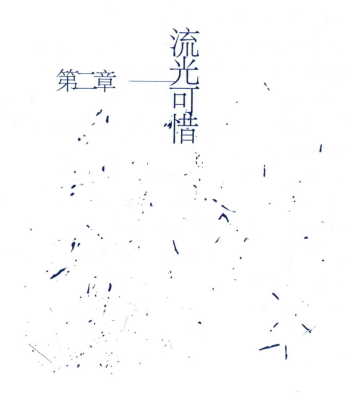

第二章 —— 流光可惜

把往事酿成一杯甘醇的酒，在月圆之夜，拂去生活的斑驳和苍凉，斟满一杯或长或短的记忆，然后一饮而下。微醺的感觉，酒醉如花。

一转眼，小半生

作者：张海英

终究做不了佛陀，红尘中那些冷暖和疼痛，牵引着我的感知，清晰而明确。抛不下的除了亲情，还有一些我深深热爱的东西。我愿意为此堕入十万红尘，苦乐参半。

很多时间里，我在思考一个问题：如果把人生重走一遍，还要不要过原来的生活？答案是：当然不要。但是，如果时间回放，走到原来的时间节点上，所有前路，我又不得不选择回到如今这条路上。所谓人在江湖，身不由己。豪情万丈时，想摒弃一切；碎碎念念时，又折回原路。

生活的或悲或喜中，习惯了分清是非对错。其实，过分理智和清醒的人，大多活得太累。当一些莫名的沧桑袭来，让心安静地感伤吧，如喜悦和快乐一样，也是心灵的需要。一样慰藉，一样妥帖。尘世里的风霜雪雨，依时令穿堂而过，从来不会因为谁而有半点疼惜。那些心酸和委屈，无论如何都是存在的。

与其心烦意乱，痛苦不堪，还不如适时安静，适当伤感。让心躲在某个角落里，不动声色地顾影自怜。

曾经做过这样的白日梦：一个人背着简单行李，到自己喜欢的地方走走。那时候，我正仰望着颔首微笑的佛陀，不争不抢，不愠不怒，双眼低垂，端坐莲花。不言不语即是修行，任由众生来去熙攘，心中自存清净美好。

同事是个有信仰的人，她的领域我没有涉猎，只知道她是爱家人，爱众生，爱这个世界的。一个黄昏，我们面朝东方，听寺庙的钟声，浑厚苍远。她和我提及，自己曾经动了出家心，在寺院里住了一个多月。母亲怕她错过高考，从寺院把她拎回家。看着母亲泪流满面的样子，她乖乖听了话，就此断了服侍佛陀的心思。

那些我们曾经的一念间，由于种种原因，并没有出尘，而是泯灭在氤氲的烟火气息里。

有一次，我和朋友拜访一座寺庙，站在佛前，心有戚戚。朋友说，一会有人超度，可以听到佛歌。有生以来，第一次有机会听佛歌。我心生好奇，拉着朋友不让走。朋友知道我的心性，点头同意。当第一声佛歌悠悠唱起，我的眼泪如决堤之水，奔涌而出，滔滔不绝之势，竟然半点不由人。不知道为什么，我会哭得那么凶！周围人很多，想要节制，却很难，仿佛心里有一万种委屈想要诉说……

回首一望，关山万里。那个心中有梦的自己，终究还是留在尘世中。行走在阳光和风雨里，听鸟语，闻花香，恍然之间，有所顿悟。我来到这个尘世，正赴一场生命之盛宴，其中的苦辣酸甜，是我一生无与伦比的美妙体验，是我必然的途径。既然躲不掉，那就平静接受，甘之如饴。

踏踏的脚步，从踏进万丈红尘那一刻，就注定了悲欢离合，不得不亲力亲为。生活里的一些感受就那么自然而然，一闪而来。一段路，一面海，一方天地，一个人，悠忽来去，在生命里留下深刻印记，永不磨灭。我们时常沉沦在一念之间，哭了，笑了，累了，倦了，不去想打扰谁，只想静静地听一首歌："一路上有你，苦一点也愿意……"

那些指尖游走的岁月，随光阴呼啦啦远去了。流淌在其中的欢笑和泪水，早已经溶于岁月深处，无声无息。

年少没有实现的梦，如今觉得有些可笑。还是把自己留在红尘俗路里了，抹了豪情，掩了雀跃，一转眼，小半生。

有些人，遇见已是世间难得

作者：辛岁寒

爱，是什么呢？

正如许多人问我，我们为什么要爱呢？

"爱"是 21 世纪新的我们一直在探索的问题。

也是人类永久的争论。

古时，人们为爱而战，在战争中取得爱情，又在爱情中爆发战争。

而今，有人为爱而痴，有人为爱而耻。

因而，你说，爱是什么呢？

爱是一段一段一丝一丝的是非，叫有情人难再会。爱是世上折磨人的东西，一边刺着心脏，一边说爱你。爱是眼睛为你下雨，心却为你打伞。爱是喜怒哀乐都愿意和你一起承担。爱是你爱着我、我爱着你，我们依偎在一起就觉得很美好。

你找到你爱，或者爱你的那个良人了吗？

你今天是否，在伤痛里错过了那个曾经爱和恨都痛彻心扉的爱人呢？

又是否，在眼泪里，忏悔得无法自拔，却还是牵不住他离去的手。

他没有给你们之间的过去一个正式的结案陈词，就这样行色匆匆地汇入人潮拥挤的世界里，各自走散了。

后来，你怕了爱情。怕受伤，怕失望，便关上了心门，不想再有人打扰。可偏偏，那么多人都来到了你的门前，用尽各种办法想去打开它。你依旧死死地关着。

后来，终于遇到了一个能稍微推开一些的人。你放下了当初的警戒，准备放他进来。可当你欢笑着去迎接他时，他却早已改变了脸色和态度，匆匆跟你挥手作别，留你一人在原地痛哭流涕。

好友阿浅，便是这样的女孩。

阿浅是一个 1.75 米身高的妹子，她大学匆匆四年都在追寻一份学生时代的爱情。因为身高太高，没有多少男孩子愿意追她。大四时，好不容易经朋友介绍和一个男生恋爱起来，却在自己付出全部之后，两个人常常看待事物的想法都各不相同，交流起来又困难又累。

这段爱情便这样渐渐走向了终结。

阿浅许久都没有走出来。她常常在想，明明她是后爱上的那个，为什么偏偏也是被留下的那个。

很多时候，爱情里没有为什么。

爱就是爱，不爱就是不爱。没有将就，也没有凑合。爱你时，你是心你是肝，你是白天黑夜都想要黏在一起的人。不爱你时，你哪怕为他低到尘埃，苦苦哀求，他也不会再多看你一眼。这便是爱情的残酷。

你遇见了谁，谁遇见了你，都是身不由己。

爱情到底是什么呢？

我们一生中，相逢和别离这两堂人生大课从我们降临的那一刻就已经开始，我们每天都在和不同的人作别。他们有的也许只是刚刚在地铁站前与你擦肩而过的陌生人；有的也许是只来得及跟你说上几句话的朋友；有的却是陪你走过漫长而艰难的路后那个你爱的人。

这些爱的、不爱的，熟悉的、陌生的人们，在命运安排的轨道上，毫无差错地分轨，莫名消失在人海。你来不及道一声正式的"再见"，只好带着怀念，向着各自的世界继续远行，期待着某一天的重逢，却又在遇到下一个人的时候，忘了所有当初的忧乐，将过往一遍又一遍毫无误差地重演。

在这个灯红酒绿的繁忙世界里，我们都是这样的赶路人，打着爱的旗子，一边爱着，一边忘了爱。在爱里生存，在生存里慢慢磨平了爱情，然后低着头，对着曾经爱如生命的人，冷冷地问，爱是什么？我们为什么要相爱呢？带着这般深切的执念，用爱一遍遍刺痛着眼前人的心。等某一天，将爱的人折磨到绝望，真正地站在命运的十字路口时，才明白，原来抓不住的手，才是最痛的。

你的爱，在爱的人将要走的时候，终于苏醒了。

你哭着留他。

他还是走了。

空留你一人，站在冷清的路口，看着三三两两结伴而行的人们，徒留一身的落寞。

你们最终，还是从彼此的全世界路过，走得那么地伤痛而不舍。

你也终于自己找到了问题的答案。

爱到底是什么？爱是珍惜。

珍惜便是无论多忙多累，都要去到他的身边，给他最好的陪伴，哪怕相依在一起，一句话都不说。

珍惜便是即便看不见爱的结果，都要牢牢地抓住他的手，用尽全力去挽留那个曾同样用尽全力要挤入你世界的人。

珍惜便是，无论这个人变成什么样子，还是不是当年的那人，只要他陪你走过最最孤单、最最艰难的路，在你难过的时候好好地抱着你，在你开心的时候为你开心，在你倦怠的时候给你加油打气，明知道自己疼还是要强忍着留在你身边，为你哭过千千万万遍，那么你都不应该放他一人远走。

因为这样的人，也许你一辈子只能遇到这一个。有时候不得不承认，人和人的缘分，转身就是一辈子。一辈子，两条曾经相交的直线，这一生也只会相交这一次，下一次无论遇到的是谁，都不会再是他。

不要总以为最好的永远在后面，因而不珍惜。

要懂得，有些人能遇见，已是难得。在许多人没有遇到的时候，你遇到了他；在许多人还在期盼有这样一个人出现的时候，你遇到了他。这般美好的眷顾，珍惜便是最好的回报。

不要总是等到人走了、茶凉了、疼在自己的身上的时候，才明白珍惜的可贵。

没有人有义务对你好，那些爱你的人，对你好的人，哪怕委屈自己也想要看到你高兴快乐的人，这个世界上与你有关的这些人，已经不多了。在身边时就不要想方设法地赶走，不要让他在你生命的时光中留下任何的遗憾。

好好地去爱每一个爱你的人，别让他们轻易地从你的全世界悄无痕迹地路过。

这才是人生最值得做的事。

酒醉人生

作者：张海英

世俗红尘，生活是上苍赋予我的一杯酒，我悠然举杯。

偶然，我们来到这个世上，拥有了生命和灵魂。同行的还有时间，这个没有年龄的精灵，看着我们到来，又看着我们离去。除了这些，我们还会遇到一些温暖的东西。

父母把我们带到这个世界，陪伴我们成长。他们是陪我们相对长久的人，也是我们最可以贴心的人。但终有一天，他们再也抵挡不住时间的暗流汹涌，不得不留恋地看我们最后一眼，安然离去……

从天真孩童到独立应对尘世，那些脱胎换骨的记忆，依稀还在梦中。月白星稀的夜晚，有些伤痛会浅浮水面，幻化成梦魇，静波微澜。多少次前行的路上，斟酌徘徊。沉落起伏之后，回头寻找最初的自己，却已走出千里万里。

我们的爱人，从两两相悦开始，那份激情刻到生命里，变成不可分割的亲情，需要经过多少起伏和包容。这期间，又有多少人，终究没能好好经营，因爱成恨，劳燕分飞……我们的孩子，偶然来到这个世界。

我们在重复了父辈们无怨无悔的付出之后，他们便离开家，在广阔的天地间自由翱翔。我们只能凭借着点点滴滴的温馨的记忆，慰藉想念他们的孤独的心灵。

我们的朋友，是茫茫人海中，可以不必张弛有度，随心谈天说地的人。他们也一样各自忙碌，各自辛苦。偶尔记起，打个招呼，内心已经很满足了。

锦瑟华年，似水过往。面对命运的酒，我欣然举杯，一饮再饮。

这个世界上，能始终陪我们的，只有自己。我们能拥有的，也只有自己的身体和灵魂。甚至，那些时间也不是我们的。荣华富贵，功名利禄，终会烟消云散，如清梦一场。看清了这一点，顺理成章，我们不必去企图拥有什么。正所谓："命里有时终归有，命里无时莫强求。"佳丽三千，六宫粉黛，疆野千里，子民万亿，那些王侯将相，如今何在？何况我们一介草民，小小布衣。

时间如洪流，席卷了青春的粉嫩鹅黄，一些如花锦绣，自顾自地轻巧挪移去了。一些生命中的痕迹，雕刻成掌纹，在每次不经意低头间，就会看见。流年似水，暗生的白发倾覆了曾经的繁华，渐次滋长的皱纹零乱了曾经的笑靥如花。也罢。

相遇别离，风轻云淡在某个日出或月落。生命如不断前行的列车，我临窗而坐。终于明白，生命是不断前进，不断遇见，然后再不断错过，挥手再见。坐在我身边的人，是我最爱的人和最爱我的人。我的朋友，你就坐在我对面。

一路的行进，并不寂寞，太阳、星星和朋友的笑脸，拥有了这些，还渴求什么？我们能做的，是珍惜生命里的每个人、每寸光阴，做好自己，欣赏世界。

把往事酿成一杯甘醇的酒，在月圆之夜，拂去生活的斑驳和苍凉，斟满一杯或长或短的记忆，然后一饮而下。微醺的感觉，酒醉如花。

诗经里的诗意和远方

作者：谷煜

前些天，听到一句话，生活不止眼前的苟且，还有诗意和远方。当时是足足沸腾了一些人的热血。可转眼，一片质疑呼啸而来：没钱，没闲，哪来的诗意和远方？

果然如此吗？看距今两千多年前《诗经》里的那些先人们，怎一个诗意盎然啊。

那时的天是蓝的，地是广的，春风一吹，各种苗，唰唰地冒出了芽，个个仰着绿绿的笑脸，招摇着。女人们走出来了，三五成群，提着篮子，说笑着，去采摘。说着房前屋后的邻居，说着自己的娃娃、先生，弯一下腰，低一下头，左边的一枝，右边的一叶，顷刻间，满了篮子，满了罗裙的布襟。天地之间，满心欢喜。不由自主，你一句、我一句就唱了起来：

"采采芣苢，薄言采之。采采芣苢，薄言有之。采采芣苢，薄言掇之。采采芣苢，薄言捋之。采采芣苢，薄言袺之。采采芣苢，薄言襭之。"

那时的女子们，生活不过方圆几里吧，甚至不知城外或者小村外的那个天地是什么样子。但因了脚下这片土地，依然欢喜着。

周国平说："天生万物，人是万物之灵。然而，人的灵魂不是孤立存在，它只是大自然的灵气的凝聚，它必须和万物保持天然的联系，那凝聚的灵气才不会飘散和枯竭。"所以，还是去地里吧，不要把时间交给冰凉凉的手机，也不要把时间交给暖暖的被窝。抬起腿，迈开步，去地里吧。无论那长满绿草的地距离你多远，只要你去，天地之间，就会有歌给你唱。

而有歌唱，是多诗意的栖居。

唱，唱，让我们快乐地唱！《诗经》里，一直这么唱着……

"蘀兮蘀兮，风其吹女。叔兮伯兮，倡予和女。蘀兮蘀兮，风其漂女。叔兮伯兮，倡予要女。"

树上的叶子，哗啦啦地落，也许是白杨，也许是银杏，也许是白蜡，初秋的叶子，一片片落下来。落叶悲秋啊，是人生灰暗的时刻汹涌而至？看看天，看看叶，也许有泪要落下来。可是，你看那一群年轻人，也许是在某个集会，也许是在周日，也许是在去某地的路上。她招呼一声，唱歌吧，唱歌吧！

她这样一领起，便有人附和起来。也许歌声并不悠扬，旋律并不动听，不在乎唱的是什么，只要是这样一种心情，无关风花雪月，无关世故人情，无关鸡零狗碎，只和快乐有关，只和心与心的相通有关。生活的诗意，便在当下。

当然，也会有悲伤。

"隰有苌楚，猗傩其枝。夭之沃沃，乐子之无知。隰有苌楚，猗傩其华。夭之沃沃，乐子之无家。隰有苌楚，猗傩其实。乐子之无室。"对于此节，《毛诗序》的观点是："疾恣也。国人疾其君之淫恣，而思无情欲者也。"似乎，历来这是在说悲观厌世，是说诗人生逢乱世，自叹不如草木。

可是，草木才不会管那么多，它只要有一点希望，就会使劲地生长、开花、结果，不求赞美，就这么一心一意地长下去，长下去。大自然是最好的疗伤师，心中再多感慨，到了草木那里，只能搁浅，所有的一一化解。

就算是一个悲伤的人，看到了茂盛的猕猴桃，也感慨着：看你长得多好，自由自在，多快乐！

然后，和树，和草，对视。心，慢慢澄清，慢慢空灵。这样诗意地自我救赎，多好！

当然，也可以在某个午后，偷得浮生半日闲，牵马勒凳，来到一处河边。水是清亮的，有鱼儿游过。岸边，绿草油油，小花点点，鹤鸣声声，少年嬉戏。这样慢慢一路走来，便胜却人间无数。

所有的忧国忧民，所有的求贤若渴，总在这样一个悠闲的时刻，得以恍然开朗。这鹤鸣广阔，美玉灼灼，来源于《诗经·小雅·鹤鸣》："鹤鸣于九皋，声闻于野。鱼潜在渊，或在于渚。乐彼之园，爰有树檀，其下维萚。他山之石，可以为错。鹤鸣于九皋，声闻于天。鱼在于渚，或潜在渊。乐彼之园，爰有树檀，其下维穀。他山之石，可以攻玉。"

所有的诗意，是和距离没有关系的，远方就在脚下：

"谁谓河广？一苇杭之。谁谓宋远？跂予望之。谁谓河广？曾不容刀。谁谓宋远？曾不崇朝。"

黄河再怎么大，我乘坐芦苇做的筏子，便过去了。宋国再远，我踮起脚尖，就能看到，一个早晨就到了。

恰恰是，心有多大，舞台就有多大。这样的美好，源源不断。

两千多年前，尚且如此诗意，而我们，还有什么理由不珍惜当下，修篱种菊呢？

捡一枚秋叶

作者：张伟红

秋天微凉的早晨，被阳光照亮的一片片叶子是怎样舒展开生命的姿态的？仰望林梢，树还是那棵树，叶子还是那片叶子。

石河两岸最美的风景是被那些树、那些叶子装扮的。一年四季，叶青叶黄、花开花落，树总那么站着，数不清的叶子在风中絮语。风来，起舞弄清影；风去，怡然自得休憩。

同为桉树，没有一棵是一模一样的。同为叶子，没有一片是绝对相同的。银杏的叶子像一把把小扇子；枫树的叶子像极了小小的手掌；杨树的绿叶犹如一颗颗跳动的心。

著名教育家叶圣陶先生写爬山虎，那些叶子或嫩红，或嫩绿，又或者绿得那么新鲜，都流动着生命的光彩，令人心旷神怡。

生命是一片叶子，静悄悄地发芽，成长，沾满尘埃，落叶归根。

还记得那年，青春飞扬。植物学导师带领我们爬上南湾的山坡，密林深处，一片片绿叶在微风中摇曳。我们小心翼翼采摘下各种形状、各种颜色的叶子，在导师的指导下，做成一个个精美的标本，那些鲜嫩灵动的叶片就定格在小小的框子里了，随着时光的流逝慢慢褪色。

　　寒来暑往，春去秋来，每一片叶子都在歌唱。落一叶而知秋，即使那曾经绿意盎然的生命，被时光染成一地枯黄，它都是美丽的。

　　每天，我都会牵着小女儿的手，在楼下的海棠花苑中走走。

　　庭院深深，栽种着几十种花木。突然有一天，在郁郁葱葱中，飘来丝丝缕缕的甜香。寻香觅去，在层层叠叠的绿叶之间，桂花开了，鹅黄的花蕊正吐露着芬芳的心事。这是夏末初秋最诱人的暗香啊！我凑近了，深吸一口气，感叹道："真香啊！"女儿学着我的样子，连声说："香，香……"牙牙学语的她就这样认识了香味。

　　我知道，再过一段时间，万木萧条，这一树树繁花绿叶终将落尽。

　　你看，那柳树下，不知何时，已经静静地躺着几枚黄叶。秋风乍起，我听到叶子在枝头的歌唱，"沙沙沙，沙沙沙"……唱着唱着，就离开了树梢，跳着最美丽的舞蹈。我于片片落叶之中捡拾一枚叶子，放在女儿的手里。她兴奋地举起来，脸上满是童真的喜悦。在孩子的眼里，一切都是新鲜的、有趣的。

　　我的秋天正慢慢走来，可是在女儿清澈的眼神里，我看到了春天的新叶子。

流光可惜

作者：谷煜

看到这四个字，是在老同学 QQ 空间的相册里，她拍下的一幅毛笔书法。照片下的标注是：希望女儿能解得四字滋味。对着照片停驻良久，很漂亮的楷书，饱满，厚重，像个慈善的长者，笑眯眯地看着你。我的心思，忽地像潮水一样涌来。流光可惜啊，真能解得吗？

那时年少，青葱般水灵灵地清丽着。走在家与校园之间，看花，看草，追逐嬉戏，无忧无虑，尽情挥洒着少年的烂漫时光。

在校园的操场上，数落花，捡了来，放到书本里，嗅它的香。怔怔地想那个暗自喜欢的男生，他上扬的嘴角，他浓黑的眉毛，他高大的身材……

不言不语，心里却波涛汹涌着。一笔一画，认真地写下自己的想、自己的念，却独独忘记了课堂上老师的要求，忘记了要背的单词，忘记了马上要面临的高考。

当高考缓缓如期而至，紧闭的心门才忽地被敲响。呀，怎么说来就来了呢？

结果凛冽冽地让人心疼啊，所有的骄傲自是土崩瓦解。

日子竟可以这样哗啦啦地过去，而逝去会如此撕心裂肺地痛。

收了落花，藏了日记，擦了泪水，重整河山，从头再来。

日出日落，花去雪来。复读的每一分每一秒都是明晃晃的，照耀着再次捡拾的日子。早起，天是黑的，一个人，执拗地前行，一点点的孤单，一点点的胆怯。但是，不怕了，曾经，任是将锦瑟付了流年；如今，是要找回那遗失的光阴，重新将那青春书写。

这样的努力，一下子，丰盈了时光。脚步是轻快的，心情是清新的。朗朗向上的日子，良辰美景一样。

终于懂得珍惜。

她，春阳，名如其人，婀娜多姿的妩媚，却受不了考学的苦，早早地辍了学。因家境良好，用不着她出去挣钱养家。于是，北上，南下，游遍祖国大好河山，交遍天下好友，日子过得好不快活。

好心的朋友劝她："就这么漂着，啃老，有点不像话啊。学点东西，找个事做吧。"

她不以为然："年轻就得学会享受，不然，什么都来不及了！"

果真是，什么都来不及了。当她蓦然发现自己眼角细密的皱纹，方才觉察到了时光的残忍。定定神，看看周围的三五好友，事业有成的忙得是热火朝天，成家的已是儿女绕膝。唯独自己，怎么是长了皱纹的孤家寡人了呢？

忽然之间，小半生就这么过来了！

小半生啊，流光已逝，无以挽回，无花无果，怎不痛心疾首？可惜啊，可惜。

渐渐长大的日子，不再如少年般纯粹，各种的责任也款款而来。长长短短的岁月，终是禁不住你那所谓的风情万种。一不小心，就都毫不留情地没了。只留下盛世的孤单凄凉，扰了你的心。

亲爱的，再也不要去无限地浪费时间了，再也不要碌碌无为了，哪怕只是读一页书、养一盆花、炒一盘菜……日积月累，总会积攒下许多动人的好时光，温暖着又厚又长的岁月。

记得年长我许多的一个姐姐，总是遗憾自己没有读过大学，那么惋惜，恨不能重新再过一回。可是，一切都已不在。她说，不是自己不努力，是当时的条件不允许，读完高中后，便参加工作了。如今，她努力地生活着，每日匆匆忙忙，却从不疏忽对家人的体贴细致，闲暇时品茶写字的喜气美好。她心疼着属于她的每一个琐碎。她看我们，正值青杏欲黄的年龄，那个羡慕啊："好好珍惜吧，多好的年纪，有的是精神，有的是机会，一切都有可能啊！"看姐姐掏心窝的神态，心里隐隐一阵感动：也只有经历过的人，才知道，这样的珍惜，原是最美呢！

流光可惜，不是要你惋惜吧，也不是要你在时空的隧道里感叹'逝者如斯夫'啊；要的是，拣起人生好时光，且行且珍惜！

同学的女儿一向很优秀，想必，她会解得其中的意味吧。而亲爱的你，更是懂得吧。

家，不是一个简单的字

作者：王玉秀

时光淡去，只留下依稀的记忆。低矮瓦房，那是家最初的模样。为了梦想，我们都是在风雨中行走的人，一步一步努力找寻属于自己的伞。我们努力，坚持，朝前走，一直走到风调雨顺，美好明天。

家，是唯一的依靠。

时间在轮回中，挣扎着过了一茬又一茬，而家站成了一棵树的姿态。一季春，赶着一季冬尾，风萧瑟，雨冷凉，虫呢喃，夜难眠。当天空不再高远，当云朵不再轻淡时，家依然坚定着目光，站成一棵树的姿态，在村头目送着我们的归来与远去。行人匆匆，北雁南飞，无论晴空万里，无论风雨兼程，无一间断，像极了母亲在院门前的守护与期盼。

目光在岁月中穿梭，难免会生出某些情愫，或凄冷，或奢望，或无奈，或渴望，或沧桑，或失望，或彷徨，或迷茫。但那温暖的目光总能穿透季节的微凉，轻轻地着落在我们每一个远游的人的心底。这就是家，简单的文字，简单的院落，却是一辈子情感的守护。

小时候，家就是一个能睡觉、有饭吃的地方。在外面玩累了，饿了就想到了家。记忆里，耳边母亲的轻唤是这个世界上最温暖的语言，可长大了，却越发觉得家是牢笼。总感觉父母用"家"来束缚我们寻求自由的脚步，总想着能有一天离开父母的管束，寻找属于自己的自由自在的"家"。可后来发现，家其实是一种陪伴，一种守护。

每次回家成了最艰难的事情，这是内心的渴望，却又惧怕触景生情。就这样，静立在岁月的尽头，看着时令从春末走向冬首，看着路边的野草逐渐枯黄，落叶飘零，旋转成堆。看着家在时光中慢慢变老，看着株株白杨下的灰墙黑瓦，连同那些一下清瘦的岁月。

父母在，不远游。可我们依然选择了策马奔腾。或许就在那个时候，我们才发现，父母在哪儿，家就在哪儿。记忆中的家，有着大大的院落，矮矮的瓦房，院子中间还种了几株木槿。两棵树。一棵桂花树，一棵枇杷。并不是我们不想种其他树，院落小是原因之一，主要的是母亲喜欢桂花。恰巧的是，我便是在那个桂花盛开的季节出生的。种枇杷可以在春天有水果吃，果树长得茂盛非凡，每次收获的时日，都给了我们上树摘果的美好回忆。

等到枇杷快要熟透时，我们便会给亲朋好友捎去信息："来我家摘枇杷啦！"一个信息，给朋友们带去了很多摘果的快乐，还有那一份暖暖的惦记。这样的家，我在里面住了二十年。高中毕业后，我离开了家，开始闯荡。但是，院落里的一茬一茬的记忆，却永远蹲守在心灵的深处。不曾忘记，也无法触摸，怕痛。

随着时间的流逝，家的记忆开始模糊。

只记得母亲忙里忙外的身影，只记得用父亲的血汗所喂养的那几亩田地。好似还记得，院落后面是一个大池塘。家中唯一的电器是一部熊猫黑白电视机，晚上写字用棉油灯，晚上作业写完，鼻孔里都是黑灰。睡觉的时候，房间黑漆漆的，总是有老鼠或者其他的动物来光顾，在我们那张木床上跳舞，打斗。它们不怕我们，即便我们壮胆似的敲着木床，它们也不搭理，继续着它们的游戏。等它们玩累了，我们也睡着了。

早年父亲忙着做生意，家里的大事小事都落在母亲的肩上。母亲与我一般身材矮小，但从不见她埋怨什么。在她的眼里，这个拥挤而又破旧不堪的家，就是她的全部。

记忆中，父亲不太爱管我。要是我真犯了大事，就是巴掌伺候。我不太喜欢父亲，但是我写过很多关于父亲的文章，可一直都写不好，铺垫了很多华丽的辞藻，最终都是热泪盈眶无法继续。

想让时间走得慢些，好让我长成他们的骄傲。可时间都被我们切成了豆腐糕，一块失望，一块自责，一块希望，还有一块块漫长的等待，等待我们快点长大。然后，随波逐流，被时光推着向前走，在风雨兼程中伪装着坚强，风尘仆仆地穿越春夏秋冬。

四季在轮回，生命的年轮也在增加。风雨无情，在父辈的脸上肆意地雕刻着。岁月让他们变老了，老得步履蹒跚，老得儿孙满堂。而这些只是另一个故事的开始，属于他们的红尘往事，终究随着滚滚红尘，奔腾而去。

时间，请你将脚步走得再慢些吧，因为我还想再看一眼，那个叫家的方向。

秋雨，秋阳

作者：季宏林

一连数日的秋雨过后，终于迎来了久违的阳光。秋阳里，草木色彩斑斓，人也跟着精神起来。

今年的气候，确实有点不寻常，雨水特别多，几乎多到泛滥的地步了。原以为，夏季的洪水走了，老天也该歇歇脚。孰料，在深秋之际，雨水又杀了个回马枪，接连下了半月有余。

看着窗外的雨，突发奇想：这天上的雨啊，要是有个雨神掌控就好了。需要的时候，下个一两场；不需要的时候，干脆就像关掉水龙头一样，即刻停水。这与我们做事有点相似，凡事要把握个度，适可而止，过犹不及，就会事与愿违。

天，还是阴沉沉的，雨淅淅沥沥地下。上下班的路上，人们脚步匆匆，奔走在家与单位两点一线之间。街道上排着长长的汽车，蜗牛似的蠕动着。从湖堤上经过，见湖水涨了又涨，早已漫过了湖心的栈道。

一片残荷沉浸在缈缈的烟雨中。雨点落在荷心里，滴答作响。风吹荷动，水珠滴溜溜地打转，稍一晃荡，就滑出荷心，落入湖水里。留得残荷听雨声。那一刻，我听见了雨打残荷的声音，似乎也听到了诗人柔软的心跳。

那一日，轮到我上路巡逻。车驶上一条新开通的道路，黑色的宽阔的柏油路上，一条条清晰的交通标线由眼前画向远方。天边，风起云涌，气势磅礴，有一种摄人心魄的壮美。原来，万物皆是景，世间总有情。不过是，景随意生，情由心发。再美好的人和物，也有其美中不足的地方；再丑陋的人和物，也有其美好的时刻。

近段时间，我一直没有离开小城。乍出城，觉得一切都很新鲜。田野上的色彩丰富多了——灰草，绿树，黄花，红叶……

眼前，一栋栋造型精致、白墙红瓦的楼房，错落在青山绿树之间，我不由得发出一阵阵"啧啧"的赞美声。啊，新农村，新气象，今非昔比。村村通公路，不少人家还买了汽车，到城里办事方便、快捷。不仅如此，他们还拥有花园般的村庄，吃着自己种的瓜果、蔬菜，吃着自己养的家禽。

上次，我们去访一个农户。一条水泥路通到他家。他家屋前是一片南瓜地，结了许多酷似葫芦的南瓜。我有点好奇，蹲在地里把玩着南瓜。一旁的大妈见了，一转身，走进屋里。出来时，怀里抱着好多南瓜，有青色的，有灰色的。她笑呵呵地递给我们，我们连连摆手。可是，在热情大妈的一再坚持下，我们只好收下南瓜。

告别这位大妈后，我在村里又转了一圈，见许多人家房前屋后栽着桂花树，花有白色的，有金黄色的。这些闲适的桂花恣肆地开着，空气中飘逸着馥郁的香气。还有一棵又一棵的柿子树，枝桠上缀满红彤彤的柿子，给村庄增添了一份喜庆。如今，吃这东西的人已经不多了。

路边的栾树，一天天变得老气起来，叶子由黄色变成橙红色，再变成灰褐色，渐渐回归素淡的本色。最后，在萧瑟的秋风的牵引下，一片片，一片片，坦然地从枝头飘落，化为泥土。

其实，我们何尝不是这样。年轻时贪恋繁华，喜欢炫耀自己，总以为自己有大把的时间挥霍，青春不老。等到有一天，我们双鬓斑白，经历过太多的生离死别之后，这才如梦初醒：人生竟是如此短暂，何必事事斤斤计较呢？

环顾四周，最有气势的要数那一片片稻田了。由于缺少阳光的沐浴，稻子还略显青黄色。听人家说，这连续的阴雨天气，可能会造成庄稼的减产。于是，心里一紧，又盼着天早点好起来。

终于，天放晴了，太阳出来了。出差的路上，看着蓝天白云，我忍不住掏出手机，对着天空嚓嚓地拍起来。我抑制不住兴奋的心情，又与摄友联系，约定寻个晴朗的日子一起外出拍摄秋色——黄澄澄的稻田，绯红色的枫叶，白墙红瓦的民居。

回家，见一床床被子晒在阳台上。不用问，那一定是母亲一大早搬出去的。我把自己也晒在阳台上，从里到外享受着秋阳的温存。回房间午休，嗅着棉被里淡淡的阳光的气息，浑身涌起一股暖流，睡意渐起，渐浓。

心想，幸福原是如此简单。有时，它就像这雨后的一抹秋阳，让人欣喜，让人沉醉，让人温暖。

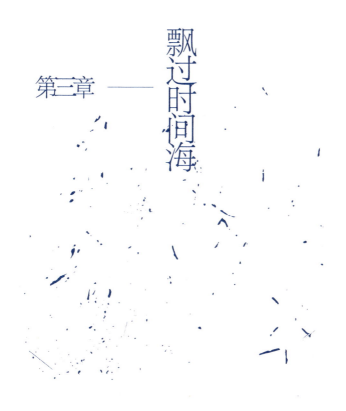

第三章 ——　飘过时间海

蓦然回首，才发现我们再也不茫然，再也不轻狂，所有的经历，所有的磨难，都是沉淀，都是积累，都是为了迎接以后的晴天。

多年以后

作者：王福利

正在对着电脑显示屏发呆，门开了，一声清脆的招呼："哎，你还认识我吗？"只是在两秒钟的停顿之后，我立即喊出了她的名字。

十三年了，虽然她的面容已不再稚嫩，但却多了几分成熟的风韵；她的身材也变了，变瘦了些，显得个子高了；变化的，还有她的衣着，她的打扮，她的神情。

之所以能够这么快认出她，主要是因为她说话的速度还是那么快，她的性格还是如从前那样爽快；能够准确地喊出她的名字，是因为她让我又瞬间回到了那个小镇。

十多年前，我们一群刚刚毕业、朝气蓬勃的年轻人，从四面八方聚集到那个咸风扑面的小镇。刚参加工作的新鲜，很快被艰苦的生活所湮没。

两百多元的工资，连最基本的伙食问题都难解决，更别提去饭店喝酒、去商场购物了。

当时，我们还自嘲式地编了一句顺口溜："远看像逃难的，近看像要饭的，仔细一看还是检疫站的。"今天回想起来，不禁莞尔。吃饭穿衣虽然艰难，但十多个年轻的男男女女凑在一起，还是有说不尽的乐趣，还是发生了许多难以忘却的故事。

其实，在那样的工作环境中，年轻的男女之间，不会真的发生什么实质性的故事——有谁愿意结婚后夫妻两人都守在一个工资不高、条件艰苦的地方？贫瘠的环境，更加造就了我们独有的俭朴和思想的单纯。年轻男女聚在一起，无非是打打牌、看看电视，再无其他。

更多时候，我们更像一群兄弟姐妹。

每周一回来，我们几个男的，就噔噔跑到二楼女宿舍，看看有没有零食，帮助爱美的女同事消灭"高蛋白、高热量"食品，是我们的一大乐事。还有更可乐的，一个脸皮较厚的舍友，看到一位女同事每天无所事事，非央求人家给他织一件毛衣不可，以满足自己没有女朋友的虚荣心。

这位女同事实在是受不了这位同志的软磨硬泡、巧舌如簧，经过半个冬天的现学现实践，终于大功告成。拿到这位男同事面前的时候，我们全都忍不住笑了：不知是开始量的尺寸有问题，还是什么原因，长度倒是差不多，可宽度还不到一尺，倒像是一条围脖。等穿上之后，我们更加乐不可支：深青色的毛衣紧紧包在身上，加上这位的体型，完全是一副"夜行衣"的打扮。

一晃就是十多年，当初同吃一锅饭、同住一栋楼的青年男女，转眼间已各奔东西、为人父母。能够时常见面的，也就是有限的几个人。即使见了面，也是来去匆匆，没有当初的自由与随意。

只是我们的处事风格与生活习惯，却因为那段共同的经历，有了永难改变的相似。记得刚调到新单位的时候，有人评价我工作认真、干活不怕吃苦。我对新同事说："即使我现在吃更多的苦，也比不过当年刚工作时艰苦程度的十分之一。

"别的不说，那时经常是从岸上往四五米下的船上跳，经常是骑着自行车往返于十多里外的村庄，吃的是方便面，住的是没有暖气的透风屋。那时的艰苦，造就了现在的知足。"

　　曾经无比单纯拥有无限向往的我们，面对生活的压力，面对社会的复杂，一步步走出那个小镇，一天天在寻找各自的幸福。多年之后，遇见一个多年不见的同事，那时的幸福感觉愈加强烈、愈加值得回忆——没有上学时的压力，却保留着学生的纯真，无忧无虑，自由自在，是同事，是朋友，更是兄弟姐妹。

飘过时间海

作者：时半阙

一定会有遗憾的。

花期也会有延误，春夏秋冬也不总是照常降临，万物生长中遭遇的绽放与败谢，人生海海里遭逢的悲与欢，你掉过的眼泪、呐喊的声音、擦肩的叹息，又有多少遗憾藏匿其中。

你不会不知道的，任凭谁都会有遗憾，正因如此，才要更懂得珍惜。

徐星遗憾的是，她没能一路顺利成为栽培祖国花朵的辛苦园丁、人民教师。

一年又一年，转眼间已经到了 2019 年的秋天。秋天过分美丽。广东的秋天没有北方来得那么轰烈，没有满树满山的枫，却有一树一树的绿与黄。藏在这绿与黄后头的，是人满为患的教学楼，到处都是穿着得体、手捧简历的应聘者。徐星是其中一个。

各省各市各区的教育局招聘，在这场意义非凡的秋里展开。不轰烈，倒也轰烈。

徐星当初没有听从父母的意见，一意孤行地选了个万金油汉语言文学专业。反正也当不了什么世界大文豪的，跟着严师往肚子里多填些墨水也是好的。那时候，她还不想当老师，没参加师范技能比赛，没有下乡支教经历，和隔壁师范专业比起来，差了不止一截。

人人都在为将来做打算，同学里出国留学的都在刷雅思，考研的考公的都在闷头苦干，那些早早和心仪的学校签约的、保研的也在心里有了 A、B、C、D 计划，人人都在期待未来的到来。

徐星在一天夜里完成了职业生涯的规划，她还是想当老师。抛开薪水福利不谈，徐星被那份职业能带来的自我价值感吸引了。她想做一盏明灯，只要能赶走那么一两寸灰暗与迷茫，那就是值得的。

跟大部分跑招的人一样，徐星也找到心仪的学校报名。但人民教师是吃香的行业，一百多号人争两三个名额，说到底希望渺茫。毫无疑问，徐星落选了。同去的朋友都签了约，酸是真的，不甘心也是真的。

于是，在广州还热得二十七八度的时候，徐星穿着衬衫在武汉的大风中一边瑟瑟发抖，一边激动地挤在招聘大队中。心中有火，眼里有光，她看到的武汉就是一颗闪烁的明星。在武汉的那一周，许多学校都在同一所高校办宣讲会招聘青年教师。她就像个旋转陀螺，几乎每天都到报名处蹲点。

"你不是师范专业的，为什么你想当老师？"

"比起研究生和师范生，你觉得你有什么优势？"

"请你解释一下陶行知先生的理论。"

……

一连串的问题就是枪林弹雨，徐星要面对的，不是星辰与大海，是火焰与狂风。学校有严格的实习要求，徐星是冒着被上司斥责痛骂的可能性站在这场秋季招聘会上的。但结果……可想而知。

那个失败的夜晚，徐星站在阳台上观望对面九点半准备打烊的商场，她觉得心里那团火熄灭了。她的心无助地掉落在荒原上。为什么辛辛苦苦跑那么大老远也没能成功？为什么跑了好几次都没能上岸？是不是她不适合做老师？

她没有放弃，但还是想不通。

回到广州后，她来找我哭诉。我沉默片刻，问了两个问题："你还想当老师吗？"

"想啊。"她毫不犹豫道，"我始终觉得我可以的，去哪里教书我都无所谓的。只要肯给机会，我去山旮旯也可以的。可为什么偏偏还不行？"

"那你觉得师范生和非师范生差别大吗？"

徐星思考了一会儿，把她在招聘会的见闻告诉了我："很多师范班的同学都没能被录取，师范生连教师资格证都要自己考了，我感觉差距好像也没那么大。"

"只是……"她顿了顿，抬眸望我。她那对眸子真的好晶莹，好像随时会有火星子从那对眼睛里蹦出来似的。"他们师范生有两年都在学师范技能，大四还有教育见习……我觉得就这一点，我也比不过。"

"我的时间不多。"徐星感叹。

徐星的白天都在公司浸泡，晚上回去看会儿小说、刷刷微博，放放松就差不多夜深了。时间的确不多。

"阿星，大家的时间都不多啊。临近毕业时，大家都为了前程奔波。如果不是家里有矿，有几个人是时间充裕的？"我有些生气，时间可不就是海绵里的水么，现在正是争分夺秒的时候。

说到底，是没能好好把握。

以前觉得时间好多，不用上课的时候四处逛逛，下课回来看看电影小说自我娱乐，觉得时间似乎都用不完。现在，总想问问时间都去哪儿了。

转眼间，走丢了春天又落下了冬天，时间一眨眼就飞走了。

那天后，徐星又跑了好多个招聘。虽然还没成功，但不同的是，她有底气了。每晚宿舍熄了灯，她就拉起帘子来再学两个小时。上班也带着书本去，在别人午休的时候，她就跑到角落里亮一盏灯背书。公交车上也经常能看见她看提纲的身影。她很珍惜那零碎却很重要的时间。

遗憾存在于每个角落，有遗憾不重要，重要的是如何弥补。徐星抓住了时间的尾巴，这就是聚沙成塔的意义。

时间是海，从生命孕育之初流动到生命败谢，直到世纪又过了世纪，它始终是数不尽、算不完的 。我们能做的，仅仅只有与时间赛跑，享受与它争斗的每一个瞬间。你会发现，跑过它也不是什么难事。

为生命提鲜

作者：米丽宏

我的东邻，是一个胖乎乎的大妈，下岗失业二十多年了。家里有个病歪歪的老头子，常常吃药打针挂吊瓶。可你看吧，她像个"笑仙"，啥时候都乐呵呵的，没一点潦倒的气味。她家虽然屋小院子狭仄，但连不起眼的角落里都利利索索的。病老头儿被她侍弄得整洁清新，光鲜得体。

一次，她挽留我吃午饭，说要蒸柿子窝头，炒香椿鸡蛋。我惊讶，数九雪天，就是大棚培植的香椿也不到节令啊，还有柿子，哪里去寻？她一笑，说："喏，柿子在房顶的棚里。"她拉开冰箱门给我看：一小袋一小袋的香椿、荠菜，码得整整齐齐。她告诉我，那都是春天采的，一些送人，一些留着自己吃，提鲜。

我惊讶她"提鲜"的优雅，谁说满身烟火就俗气呢？再粗糙的生活，有这"提鲜"的心情，生活便总有一种鲜亮的色彩。

告辞时，她送我两小袋冷冻荠菜，叮嘱我："包荠菜饺子吧，搭配猪肉松、虾皮、炒芝麻，淋上小磨香油，管叫你想起春天的滋味。"

这么一句话，又叫我感叹不已。她虽贫寒，却把生活过得如此殷实而美好。

我的同学莲，在一所乡村中学教书，她老公在千里之外打工。平常的日子，她就带着女儿生活在学校的家属院里。一个人支撑的家，总会忙碌和凌乱吧？

不。在我看来，她几乎把生活过成了艺术。

工作之余，她的院子里，常有乐曲飘出。往里一探，小院角角落落满是花草，各有性情。有个秋天，我见她在卧室门楣上挂了一筐蓝色野菊，缕缕菊香，飘满了房间。她说，到冬天就换成一个大头朝下的绿皮红心萝卜，从尾巴上掏空，往里头浇点水，搁个蒜头或一个白菜心。不久，就会长出鹅黄的花来。加上倒垂的碧绿的萝卜缨子，清新得像年画。

我知道，这些小情调，需要花时间打理，也需要费心思琢磨。如没有一种优雅的情怀去支撑，断然不会有那个闲心思。

我忽然想起小时候，母亲为我们制作玩具的事儿。与其说是为了让我们高兴，还不如说是母亲也有颗童心。

那时经济困难，男孩子有一把小木枪来比画，就很像回事儿了，女孩子的玩具更少。我们姊妹手里，却总有新奇的玩意儿，那都是母亲的杰作。母亲偷偷把"语录书"的红塑料封皮拆下来，剪裁缝好，填充点棉絮，手底下就会飞出一只栩栩如生的红鸽子。

大葱叶子在火苗上燎一燎，一吹，软塌塌的像绿蛇狂舞，声音"嘟嘟"的，像牛哞山野。狗尾巴草编成小狗，翘着尾巴，特像我家那只看门狗的剪影。槐树叶柄绕成了"油果子"；红绿彩纸，左掏掏，右剪剪，卷毛的小猫咪，活生生蹦了出来。

那么穷的童年，留给我们的却是快乐的背影。

如今，自己也有一卷儿日子在握，那种兴致盎然的情趣，却常常遗失得无影无踪。看看周围也是，大家的日子铺开来像白纸，卷起时了无痕迹。有时索然无味，有时焦头烂额，有时敷衍空虚。

细想，那哪里是生活？不过是糊弄日子。可是，日子是多么值得我们珍惜着去过啊。一年四季春夏秋冬，每一个季节都清鲜如新。北归鸟、早开的花儿为春天提鲜，团团阴凉、阵阵清风为夏天提鲜，果香、粮味为秋天提鲜，一场大雪为冬天提鲜。

我们真的该学会给生活提鲜，再忙碌再平淡的日子，也别忘了留一点点风花雪月给自己享用。优雅，不是有钱和有闲的专利，它是一种姿势，一种心态。只要用心，就会收获种种细腻丰富的感动。生活在美丽的感动中，就是实实在在的优雅。

相逢是首歌

作者：罗瑜权

我有两怕，一怕过生日，二怕同学聚会。并不是因为缺钱，也不是因为没有时间。家人说，这是老了的表现。是呀，人怕老，每过一次生日，每相聚一次，我们都渐渐老去。每个人都想年轻，但是，流水总是带走光阴的故事，时光总在不经意间从指缝中溜走。

记得曾经看过日本著名画家、诗人竹久梦二的童话书《岁月是贼》。打开这本书，一些似曾相识和久违重逢的感觉一下涌上了心头，让人怀念起童年的童真童趣，唤醒儿时的记忆。恍惚间，仿佛再次回到了从前。人就是这样，小时候盼着长大，盼着能够独当一面不受约束，长大后却变得爱回忆，回忆过去美好的时光……

今年6月21日，我们几个有二十多年没有见面了的同学在绵阳聚会。当大家再次相聚时，突然间，不知道这些年时间到哪儿去了？都在搜寻过去那段美好的时光。还记得那个送小纸条的男孩，还记得在嘉陵江边牵手散步的小情侣，还有直到现在也不知道当初是谁送的小礼物。但这些却真真实实地在很长一段时间里温暖着心，让单薄的青春变得不再苍白，让那段青葱岁月的回忆里又多了一抹靓丽的色彩……

　　同学相聚，只有三天时间，我们一起参观了北川老县城和新县城，游览了《王保长抓壮丁》的拍摄地龙隐镇和四川省水利旅游风景区仙海湖。一路上，大家欢歌笑语，有说不完的话、叙不完的旧、道不尽的喜悦、诉不完的忧愁。同学相聚，大家身份平等，穷的不自卑，富的不显摆，联络的是友谊，交流的是感情。

　　生命是一场无法预测的旅程，毕竟过去二十多年了，多数同学的人生都发生了很大的变化。单从从事的职业看，有的同学当上了国企领导，有的同学成了私人老板，有的到了部队……所有同学中，成功的仅仅是少数，大多是凡人，大多是默默的奉献者。成功当然可喜可贺，失败也无须气馁。

　　人生就是经历，就是回味，就是总结，就是前行。回首过去，往事犹在眼前，快乐、欣喜、感动、伤心、委屈、辛酸……历经人生风雨，每个人都变得更加成熟，更加自信，更加坚强。蓦然回首，才发现我们再也不茫然，再也不轻狂，所有的经历，所有的磨难，都是沉淀，都是积累，都是为了迎接以后的晴天。

　　"相逢是首歌，同行是你和我，心儿是年轻的太阳，真诚也活泼……"很喜欢这首《相逢是首歌》，优美的旋律如一条淙淙流淌的小河滋润心田。一直喜欢这种淡淡的感觉，淡淡的浅笑，淡淡的问候，淡淡的牵挂，淡淡的情意。同学相见，只须一声问候，一个微笑，一个拥抱，一杯热茶，就已经是暖暖的了。任何繁花似锦的语言，一切曲折跌宕的情节，都是一种累赘。

　　同学就像一杯浓烈的酒，晶莹剔透，此心永鉴。这杯酒存放的时间愈久，回味就愈加绵长。同学之间虽然彼此相隔遥远，但心灵之间的沟通不受地域的阻隔，不受金钱、权力、物质的影响，没有世俗的牵绊。人生路上，有心相伴，就不寂寞，就不孤单。

月如钩

作者：廖静静

梦中若有眠，枕的是月。

夜中若惊醒，入眼的是银光满地。

那日夜阑人静，起身入夜光，想一揽春风拂面。推门，却见一女童的房间。见她举头望明月，憨憨可爱。她抓着母亲的裤腿问："新月的另一半阴影，是夜晚吗？月上的桂花树下为什么有一只兔子？兔子此刻是睡着了还是醒着？兔子需要吃胡萝卜吗？月亮上除了嫦娥，还有谁？……"

清风拂面，我揉揉眼，只见远处漾漾水天，皎皎一弯新月高悬，夜的蛙鸣唱得肆无忌惮。女童的光影出现在晕黄的记忆画卷之中。

月如钩，勾起沉睡的好奇与天真。

月如牙，吟得"露从今夜白，月是故乡明"。

月如镰，割断春花秋月何时了。

月还是曾经那个月，人已不复曾经。

幼年光阴，依稀浮现于眼前。那时候的我，目光清澈，眼波安定，说出的话，是清冽的泉。夜的时光是漫长的，跟着母亲穿梭于邻里谈笑的生活场，寻找小伙伴嬉闹玩笑。在温暖的乡村里，用童稚的画笔，构筑一帘幽梦。遥想那时的我，不知道是两岁抑或是三岁的女童。杂货铺的老板娘塞给我一个大桃子，她笑言："吃了我家的桃子，以后要做我的儿媳妇儿。"我吓得哇哇大哭，把桃子给丢了，惹得众人哈哈大笑。母亲忙把我抱起来，笑道："我们家的宝贝可不是拿个桃子就能骗走的。"

还记得有一次，我丢了母亲给的两块零花钱，牵肠挂肚地找了许久。邻居家的女儿，我叫她源姨，比母亲小几岁，是个难得一见的美人儿。她拿着青绿色的两元钱问我："这是不是你丢的呀？"我看那两块钱跟我丢的一模一样，兴奋地要拿。母亲说："不可以拿，源姨的这张和你那张是'双胞胎'，不是同一张哟。"但源姨硬是把"双胞胎"两元钱给了我。

早年，村里会在源姨家的晒谷场上播放户外电影，全村的人搬着椅子去看。我坐在父亲的肩膀上看到了不少高空打斗的电影场面，很是兴奋。电影结束后，父亲抱着睡意绵绵的我，缓缓地走回家。

年幼的记忆，一星半点存留在脑海中，在那如墨的夜色里，总有一弯如钩的月。

而后，年岁渐长，凡尘烟火缭绕，遇人心怀叵测，贪恋一份痴情，与父母不知不觉之间也设起一道屏障，竟在尘世烟海中迷失了自己。仿若源姨，远嫁后，就不见了踪影。

千帆过尽，满目荒凉之时，寂寥的夜里，终究还有一弯月，提醒我年幼时得到的温暖。那份父母给予的爱，融进我的血液之中，看不见，却每每在月亮升起的日子，一旦举目遥望，一股暖意，便渐渐升腾至心中。

月如钩，勾起沉睡的爱与纯粹。

月如牙，吟得"月明白鹭飞"。

月如镰，割断愁心寄明月。

月还是曾经那个月，人依稀似曾经。

妈妈家的小院子

作者：赵敏

降温了，多日的雾散了，天空特别清爽。山，在参差的建筑物远方绵延。风，少了温柔，从窗户吹进来穿透衣服，凉凉的，冷了身子。

去楼顶小菜园剪一些鸡毛菜，旁边的萝卜叶已经盖严了泥土，看着这绿叶甚是喜欢。楼顶上的泥土池有三十多公分深，却如何也比不上妈妈家院子里的土壤肥沃。每次看着这些，我都会想起妈妈家，想起爸爸蹲在院子里弄花，那一盆盆君子兰从爸爸手里打理后，至今仍在我们兄妹仨各自的小家里随季节绽放。

妈妈先是有外婆后是有我父亲的宠溺，一直不太会做家务，却是个指挥家。她指挥我摘菊花脑要掐嫩头，叮嘱不要踩坏了爸爸种的花。五十岁的小哥从院子里跳进屋里，妈妈赶紧拿风油精，不停地"哎呦、哎呦"，心疼儿子腿上又被蚊子咬了好多包。我开心大笑，和小哥在一起，我就成了蚊子的第二人选。

妈妈家的这套房子，是父亲身体不太健康时用原来的六楼调换的。楼前一米多高的铁栅栏外面是一片空地，各户各自隔开，于是就成了一个个的天然小院子。

开春，妈妈院子里的菊花脑就像荒草一样争先恐后打开嫩芽疯长，摘也摘不尽。在这片绿叶中间，忽然会开出橙红的花。花完全绽开时有点像漏斗，又像大百合花，花茎粗壮而中空，扁圆柱形，高出叶丛，这花是朱顶红。到了秋天，院子里开满了黄色的小菊花，一簇簇拥挤着站在枝头，凌乱惹眼，待花谢结成花籽，随风掉到哪里，待下一个春天，哪里便又会长出一棵绿苗。如此，满院子里便绿意浓浓。

像这样的冬日里，爸爸会坐在院子里的藤椅上晒太阳，看满院子生了锈的小花。再冷一点的日子里，院子的空调架上便会铺满橙黄的胡萝卜丝。两三天的太阳晒后，胡萝卜丝晒蔫了，妈妈就用报纸包起来，等到除夕前几天炒八宝菜——我们习惯称为"传菜"。炒传菜是有日子讲究的，"炒七不炒八"，记得奶奶总是这么说。

69

妈妈常自豪地说她家院子里晾晒多么方便。逢到冬天里太阳好的时候，她打电话，喊我把被子拿回去让她洗晒。偶尔院子里会从天而降些燃过烟花的纸杆、巧克力包装纸等，妈妈又会唠叨："还是原来六楼好，干净，现在好多人家换了房子，这里住的人杂了。"然后，叹口气："唉，现在的人啊！"

爸爸离去后，妈妈学着腌制咸肉。条条鲜肉从瓦罐的盐水里掏出来，挂上铁丝钩，经过几天日晒，慢慢变色，最后变成咸肉。然后，儿子家、女儿家、孙子家各各拿了去，都说好吃。隔年，妈妈又会买上很多肉来腌。

不记得什么时候，小院里蹿出一棵桑树苗，尽管没人管护，却茂盛地长成了树，结出果子，桑果没等成熟，便被鸟吃了。爸爸走后，妈妈让侄子把桑树砍了，说房屋前种桑树不吉利。大哥不知道从哪里弄来香椿树秧子，两三年后，香椿树长成了香椿树林，长长的树干高过围墙。发的芽或送朋友或腌制，总也吃不完。

妈妈离去后，大哥远离家乡，房子被他长期出租，小院子里的一切都成了记忆：房子里靠窗立着一排矮柜，书橱里放着爸爸的老花镜盒子；妈妈笑嘻嘻地坐在电脑前，边打麻将边嚼核桃仁……

静静的冬日里，我静静地看天，静静地思念，静静地想着妈妈离去的那个晚上，一个人默默地坐在妈妈的床边，摸着冰冷的床沿……

雨后的风吹过来，带着冬天的清冷。我想，如今住在那个院子里的人，他们不会知道这个院子里曾经有棵桑树，他们不会知道是什么时候种的香椿树。而我，也不知道爸爸种下的朱顶红是不是还在，会不会还结伴儿开花。

每次经过那条马路，总忍不住尽量伸长脖子，希望透过高高的围墙，能看见妈妈家的院子。

真后悔自己没有留下那间房，不然，我便可以去那儿坐坐，看看，想想……

回望北极村

作者：刘津

再过六个小时，就要离开北极村回南京了。今朝一别，何时再来？尽管我在漠河生活工作多年，北极村已来过无数次了，可是这次就像张君瑞普救寺遇莺莺，伊也留恋，咱也留恋了。夏季的北极村，早上三点多钟，天已大亮，万籁无声，我便睡不着了。挥手自兹去，何不趁此良辰漫步一回，再细细打量一番这熟悉而又陌生的村庄。

此时的北极村还未醒来，它安静而朴实地躺在晨曦里，宁静的黑龙江映着树木的身影缓缓流去，江面上泛着柔光，堤岸上吹来丝丝凉风，顿时让我神清气爽、心旷神怡。这片十六万平方公里的土地上，只有二百多户人家，一座座古老的"木刻楞"建筑和尖顶的俄式建筑相映成趣，靠近江边的北极广场上，立着一块"神州北极"石碑。江对岸是俄罗斯的丘陵断崖与摇曳多姿的白桦树，将这段中俄边境衬托得分外妖娆。我轻轻地抚摸着石碑，望着天空上淡淡的薄如蝉翼的白云，目送江面上的点点渔帆，禁不住勾起了我的思绪。

北极村由黑龙江省漠河市所辖，距离城区八十多公里，地处祖国的最北端。若把中国版图比作一只金鸡，它就是金鸡之冠顶点的鸡冠花。

这里春踏满山红，秋踩五花山，冬有雪皑皑，尤其是这里的太阳夏至时不是东升西落，而是北升北落。凌晨升起，在天空悬挂十七个小时后，慢慢坠入地平线，而后是漫长而明亮的黄昏，晚霞与朝霞交相辉映，黑夜短暂即逝。这一神奇白夜，在中国属漠河独有。

还有更令人惊奇的，那就是北极光。它是大自然赐给漠河人一饱眼福的珍品。1988 年，我有幸看到过一次，那是 8 月 28 日晚上八点多钟，天空西北角红彤彤一片，只见一条呈螺旋形的光带盘旋而上。在它的上面，还有一条烟斗似的光带在慢慢游动，不到一个小时就消失了。之后的两个晚上又飘然而至，蓝色的像柔纱，紫色的像彩虹。人们临"极"而喜，几乎是倾城而观。这是一种发生在地球极地的罕见自然现象，人们看到的机会并不多。因为漠河是中国距离北极最近的地方，才有机会看到这种光。穿过一条小路来到村口，我的思绪又回到了眼前。现在的北极村已是一个被商业化了的旅游胜地。用木板铺就的人行道两旁，排列着一家家客栈和商店。而且大多冠有最北名头：最北人家、最北酒楼等，旅游旺季常常爆满。今日的北极村富了，家家户户都安装了彩电，可以收看中央电视台和地方电视台的节目。姑娘小伙的穿戴可与大都市的人比美。北极村的生态也更美了，凛冽而清新的空气，幻化着洁白云朵的蓝天，平展展的麦田，多像一幅巨大的风景画啊！短短两天，我在这里结识了来自全国各地的不少游客，有从广东飞过来的白领，有从沈阳开车过来的商人，还有从北京坐火车过来的大学生。这些异乡客和我一样，用相机、手机在这里留下了眼中的美好的瞬间。

不知不觉间，太阳渐渐升起来了。我望着阳光涂抹过的树林，树木已不分彼此地绿成一片，感到北极村这个边陲小镇已不再遥远，它正连着一个生生不息的世界。这里越来越值钱，越来越吸引人了。我有机会还要来这里看看，因为这里不仅有我熟悉的人和路、山和水，而且它和我有关。

生命的支点

作者：李业陶

　　如果不是看了他的诊断书，我不知道他的病其实很严重；如果他不特意告诉我，我也不知道他是有残疾的人，更不知道他曾经遭受过一连串的打击。

　　他是一位来自农村的病友，乍看似乎没啥病，挺拔的腰板、红红的脸膛。为了消除我的疑惑，他把年前的住院诊断书递给我，诊断结论很清楚：心室肥大、心衰。就我掌握的医学知识来看，我觉得他的病已经不轻。

　　这是个多灾多难的人。他自幼右腿残疾，尽管穿着裤子别人轻易看不出来，但生活上的不便显而易见。因为这残疾，他成家很晚。不幸的是去年又检查出严重的心脏病，更为不幸的是今年春天老婆又遇到车祸离开了人世，小家庭就剩了他和读高中的女儿。

　　住院的这些日子里，为他陪床的人几乎一天一换，或者是他的姐姐妹妹，或者是他的姐夫、堂兄。有一天，他的母亲也来看他了。老人快八十岁了，据说在家的日子里还在为这个住院儿子的庄稼打药。

说起家长里短，他说快五十岁了，连县境都没出过，还没见过真正的火车是啥模样。

他的脸上常常挂着微笑，他说如今的社会太好了，政府给他办理了残疾证明，每年都领残疾补助金；看病有"新农合"，住院费用报销一多半；而且他和女儿都享受着低保，女儿读书的费用也被学校免了。他打算出院后为新买的拖拉机完善手续，揽些营生挣钱。

一次，我们正在聊天，他的手机突然响了。他看了一眼说："闺女来电话了。"或许担心听不清楚，他开了免提，所以他女儿的声音我听得清清楚楚。女儿在电话里嘱咐爸爸要吃好，别舍不得花钱，记得买点儿水果吃。他则告诉女儿，这里有人陪床，让她安心学习。

说起女儿，他更是透出几分自豪。他说，女儿很懂事，学习很努力，在高中读实验班。实验班，不言而喻，是学习成绩相对更好的群体。他说，女儿说了，等读完大学参加工作的时候就带他去旅游，让他尝尝坐火车的滋味。听他那么说，我说："没问题的，你女儿那么优秀，你的愿望一定能够实现。"

在我看来，他属于"屋漏偏遇连阴雨"那样的人，但在他的脸上，我却看不到任何沮丧的表情，他依然对未来充满希望、充满信心。我想，他的希望和信心一定是来源于内心对社会的感恩，也来源于家庭亲情的温暖，而如此朴实的感情正是他生命的支点。有了这样的支点，无论生活中遭受多少波折和不幸，这生命依然有动力，这日子依然有奔头。

被眼前这位平凡、朴实的农民深深感动，病愈出院的时候，我衷心地祝福他也早日康复，今后的日子能越过越好。

蚂蚁

作者：成秋菊

天地万物，来和去都有它的时间。

蚂蚁除外。

童年时，只要你想看蚂蚁，随便出去扫下，它们就会出现在角角落落。不管春夏秋冬，阴晴雨雪，小路上、花丛中、河岸边、大树上……甚至家里的餐桌旁，都能看到它们的身影。

任何时候，任何地点。

蚂蚁如此微不足道，一两只零散的蚂蚁不入眼界，成群结队活动，黑压压一片才勉强让人偶然注意。

关于蚂蚁的三大场景让我印象深刻：一场雨来临之前，天边滚动的乌云跟狂风使叶子在场院里打着旋儿，家禽纷纷扑翅归巢，田野里的庄稼东倒西歪，农人急急忙忙收起农具，一切开始变得躁动。这个时候，蚂蚁排着整齐队列，黑压压一片，如血管流动，井然有序地通往洞口深处。

随便放一块食物的屑末在地面上，少数蚂蚁看到后开始通风报信，试探性地品尝后，掉转头，去寻找同类。过会儿来看，定然是黑压压一片围在屑末旁。它们用小小的身躯全力撬动那屑末，微微地抖动着，几乎在原地挪着。等你消磨掉性子，一转眼的工夫再回来，它们已经拖着屑末走了长长的一段路。

在潮湿阴暗或者阳光充足的地面上，经常看到蚂蚁筑的巢，洞口大多呈圆形，四周有堆积的泥土，密密麻麻的松动的土粒，阳光充足时，那些巢穴凸出来的泥巴凝固起来，变成一个个小小的山丘。

而蚂蚁带给我快乐的时刻都来源于童年的恶作剧。

看到黑压压的一片，我用脚狠狠踩踏或者用水浇过去；故意拿着一块食物等到它们都聚拢来，正兴致勃勃准备搬运时，我一下子将食物挪开；用树枝捣掉它们刚做好的巢穴。

它们惊慌失措，扭动着小小的身躯奔赴四面八方。我拍手称快，它们太渺小，看不清它们的表情，但它们不再朝一个方向使劲，急乎乎地兜转，加疾步伐。我知道，在这场战役中，我赢了。

我觉得改变了它们的行踪跟计划，但是快感很快消逝：那群下雨搬家逃窜的蚂蚁又开始组成队列；旁边刚死去的昆虫边围满了蚂蚁，变成了它们的新食物；那些被毁掉的家园第二天很快有新土翻过的痕迹。

到头来，我一场场恶作剧都只是徒劳，长远看，我才是最终的失败者。

蚂蚁游戏只是我临时起意的个人狂欢，在挫折中及时调整并最终站起来成了蚂蚁的生存哲学。

我还发现，虽然蚂蚁无孔不入，但是很少在凳桌上、床上、衣柜里、食柜里出现，这些是农人不能接受的地方，会影响到农人的生活起居，他们一定会采取行动。在蚂蚁进化的过程中是不是掺杂了什么判断的精明基因，让它们对这些场所保持敬畏跟距离，小小的蚂蚁脑袋里也装着断、舍、离的智慧。

我们对世界的认识究竟还有多少没有发现？

我在感喟命运、对抗生活磨砺的过程中踟蹰前行，蚂蚁在生活本能跟诗意世界里慢慢栖居。

不光是我，很多童年发小都是我的同谋，蚂蚁容易时刻被威逼利诱，为食物努力奔波却易误入他人禁地深陷囹圄。

可蚂蚁，才不会记仇计较，慢慢拾起各自的微小能量，安分守己做好本职，兵来将挡，水来土掩。即便身负暗箭，依然不折不挠，一副无所畏惧、随遇而安的姿态。至简而单纯地去生活，才是固守生命的意义与价值。

而这种简单，反而让它们生活得更诗意。

春天伊始，万物生辉，绿叶新裁，蚂蚁随着这春光万缕，兢兢业业忙碌，不断在践行的路上努力，一路高歌将这满城春色尽收眼底。

夏日渐长，百草丰茂，绿荫满地，蚂蚁依仗着阳光普照，默默无闻地耕耘，一直进进出出不辞劳苦，不觉声色感受夏日雷雨浩浩荡荡。

秋天萧瑟，雨落成霜，收成在望，蚂蚁驮着清明秋光，因为竭尽全力储备，一直边走边看随遇而安，步履迟缓静享人间秋日繁忙万象。

冬雪初降，大地苍茫，粉妆玉砌，蚂蚁借着这暖阳满场，因为之前竭尽全力储藏，现在只需安安稳稳聚集巢穴，快快乐乐把来年望。

未雨绸缪的智慧，在蚂蚁身上淋漓尽致地体现，起起落落间，平凡愈加珍贵。

我倾其所有学习过的各种人生道理，最终都能回归到蚂蚁带给我的一个个哲学故事里。

人，有时候何尝不是一只蚂蚁？

第四章 —— 你在那里，就是最大的意义

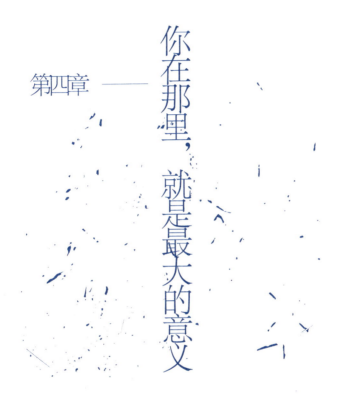

岁月如水，以后的日子里，不管困苦还是幸福，我都会想起那年夏天与父亲相依为命的微燃时光。

一杯老酒，情深意长

作者：轻罗小扇

老爸爱酒，酒是老爸的一个表情一个符号，是老爸处世的风向标。

我们曾经和爷爷奶奶住在一起，每天的晚饭都是从老爸和爷爷的那一杯酒开始的。杯子不大，起初是比茶杯小一点的白瓷杯。后来，为了老爸和爷爷的健康，老妈给换成了更小巧的玻璃杯。酒未必是什么好酒。那时街上有个哥哥在酒厂上班，于是，我们家能买到散装的白酒。每次，老爸买来一塑料桶，灌在一个大玻璃桶里。他们爷俩在晚饭前就这样一人倒一小杯，自斟自饮。

酒不在多少，一顿只一小杯足矣。菜不在好坏，花生米咸菜亦可。看着他们一小口一小口地在那细细抿，每一滴都缓缓地从唇齿流到喉咙。由于酒精的作用，他们会龇着牙看着难受却又像很享受的样子，这大概就是酒的魅力吧。正因为酒的魅力，他们把咸菜也吃出大餐的感觉来，生活仿佛更美好了。日子就这样，在他们一小口一小口的品酒中流淌着。

来了朋友，下厨炒几个小菜，买点卤肉，酒是少不了的。那会儿，老爸会拿出收藏的酒，跟朋友们说这酒的来历。往往一瓶酒就是一段故事，故事后面可能是一个老友，也可能是一段往事。于是，他们从这瓶酒开始聊他们的生活，最后也从杯中酒结束他们的畅聊。酒承载着他们的友情、他们的历史，他们一去不返的青春。

老爸平时一直喝着本地出的酒，有好酒也只有来亲戚朋友才喝一点。其实，老爸买过一回茅台，却没有尝一口。那年，我毕业了，没有料想的是毕业没有马上工作。我在家待了很久，原来分配工作只是一个"传说"。后来，爸爸想明白了，就悄悄买了好酒，四处托关系找朋友。酒在家里放了很久很久。老爸老妈忙了那么长时间，酒也没有送出去。但是，那么名贵的酒，爸爸怎么舍得喝一口呢。酒最后又被卖掉了。

这瓶从天而降又凭空消失的名酒是老爸的痛，他苦恼自己没本事给我找好工作。很多次，他酒后自责又心痛。我心疼老爸得怎么样带着那瓶名贵的酒穿梭在各种认识不认识的人家中，赔着笑脸，递上那瓶已经拎出温度的名酒。这瓶酒是酸楚的，有老爸的苦和我的心痛。

那个时代，民营经济还不像现在这样发达，叫得出名的企业就那么几家。因为专业等种种原因，找不到合适的接收单位也正常。后来，我离家，先是去南方，后来去了济南。工作是我自己的事，我自己付出多少才能赢回多少。我在工作中努力学习，就是要让自己有随时离开的勇气和不怕被辞退的底气。从那以后，我再没有让爸爸为我工作的事费心，他晚餐时那杯小酒又滋润地喝起来了。

再后来，我结婚的喜酒，老爸是颤抖着喝；宝宝满月酒，老爸是开心地喝。这几年，老爸胃不好，医生让老爸少喝。老爸还算听话，酒杯更小更小了。今年，老爸六十六岁大寿，亲戚朋友们都来了，祝福的酒倒满杯。老爸说："今天得多喝，喝多也不怕。"看着两个女婿和两个满屋跑的外孙女，老爸一脸满足幸福的笑意，醉眼迷蒙。

这是开心幸福的酒，酒不醉人人自醉。

爸，有空给您倒一小杯吧。

供月

作者：花莉敏

站在晾台上的母亲，仰头痴痴地看着夜空。我轻轻走过去，她全然不知。她打了一个寒战，双手不停地搓了起来，却丝毫没有要回屋的意思。她又在想念我的父亲了，想念和父亲一起过中秋的情景……

父亲在世时，中秋节当天，他会在自家院里放一张小方桌，上面摆一些葡萄、苹果、梨子、红枣等，放上一瓶酒、一个小酒盅、一包香烟，再将两个月饼平均切成八瓣，装在盘子里，一个供桌就形成了。

这样的仪式，在山西晋中一带叫"供月"。

村民们讲究供月，是对月神的敬畏和尊重。供月的时间要从八月十五当天月亮升起时开始，一直供到当天夜里十二点以后。

听村里年长的人说，黄土高坡沙尘多，雨水少，一年的收成好坏全凭老天爷说了算。

每年中秋，家家户户地里的高粱、黄豆、苹果、葵花子、谷子等都收回来了，靠天吃饭的庄稼人个个眉开眼笑，便在供桌上摆上刚刚丰收的各类食物，并借月饼来庆贺丰收，向住在天宫的各路神灵及灶王爷等表达谢意，希望能够继续得到众神的保佑，来年风调雨顺、五谷丰登。

月光泻在房顶上，像铺了一层厚厚的霜。

北方农村房子多以平房为主，和南方村落三角尖形的房顶有所不同，平房房顶常用水泥浇筑，周边有三四个小烟囱用来通气。每年中秋节，恰逢赶上收玉米。从地里刚收回来的玉米穗湿漉漉的，容易腐烂。为方便存放，家家户户都会将玉米装进麻袋，扛到房顶上晒干。

于是，扛麻袋成了每年中秋供月前，父亲必干的一项苦力活。大姐、二姐将收回来的玉米穗一根一根地往宽约 80 厘米棕黄色的麻袋里灌，一个麻袋可以装大小不一的一百五十多根玉米穗。

等到装满后，父亲将备好的细绳在鼓鼓囊囊的麻袋口来回缠绕、扎紧，双手再用力向上托举，两个姐姐一人抓一个麻袋尾巴。就这样，百来斤重的玉米被父亲轻而易举地扛在了肩膀上。

干累了，父亲会在供桌旁席地而坐，披一身月光。他长满老茧的双手在裤子上上下摩擦几下，再用手轻弹身上的灰尘，似乎怕月神看见他不干净的样子。

把自己简单收拾一番后，父亲会从上衣口袋里摸出火柴，右手轻划火柴棍，相继点燃刚从供桌烟盒里抽出的两支香烟，一支递到自己的嘴里，一支则放在桌边让其慢慢燃烧。

父亲一边抽烟，一边遥望月亮喃喃自语："今年的收成特别好，玉米收了近四千斤，葵花子灌了满满八尼龙袋，黄豆近千斤。等冬天把它们卖了，可以赚到万把块钱。娃们过年可以买件新袄了，明年开学也有钱交学费了。"

有时，他会再拿起方桌上的小酒盅，倒满酒，双手端着酒杯举过头顶，对着月亮前后轻轻晃动。接着，将酒洒到地上，洒出一路湿的印痕，留一个二十厘米左右的印子。把酒盅放到桌上后，他会双手合十，闭上眼睛，沉默十几秒。

这样虔诚的祭祀方式，每年中秋都要重复几次。

极目远眺，月神无语。母亲把供月这一习俗带到了千里之外的江南水乡，也带来了对父亲的梦绕魂牵，绵绵思念。凝望着母亲，我心里默默说："父亲，你不孤独。他乡月也明。他乡，我们与你一起供月。"

父亲

作者：季宏林

说来惭愧，曾无数次拿起笔，想写一些与父亲有关的文字，纵然心头千言万语，却不知从何下笔。又是一年清明节，我再也抑制不住情感，透过一片模糊的视线，回忆起与父亲在一起的点点滴滴。

1993年夏季，年仅四十九岁的父亲患贲门癌去世。在癌症晚期，父亲每天忍受着病痛的煎熬，靠注射流质营养维持生命。犹如风中残烛的父亲，从未流露出对死亡的恐惧，依然和探望他的同事、朋友谈古论今。消瘦的脸庞上不时露出会意的笑容，深陷的双眼闪过一丝光彩。见此情景，我总是鼻子酸溜溜的，急忙走出房屋，无助地仰望苍天，眼泪忍不住夺眶而出。在我的眼里，父亲是坚强的，也是我的榜样。从年轻时经历的饥饿，到车祸中的胳膊骨折，从几寸长的篾签扎进指甲缝，到龙卷风中打断腰椎，他都一声不吭，默默忍受着不幸和灾难。

可是，父亲最终还是走了，走得那样匆忙，还未来得及享受一天的清福。

去世前，父亲放心不下的是在部队服役的哥哥，还有尚未完成学业的我和弟弟。每次给哥哥回信时，父亲总要写上"身体尚佳，勿要挂念"的字句。后来，父亲病体难撑，只好由我代笔。遵照父亲的嘱咐，仍然只字不提他的病情。直至两个多月后的探亲假中，哥哥才得知父亲去世的消息。

父亲的一生，是坎坷的一生、苦难的一生。父亲七岁时，我的爷爷去世。奶奶靠着编织草鞋换来微薄收入，供父亲读书。聪明好学的父亲，考取了无为中学。后因生活难以为继，不得不辍学。为了生计，年轻的父亲与表兄闯关东，尝尽了人世间的苦头。后来，因为有些文化，且写得一手好字，父亲先后当过大队长、会计、支部书记，还当过全乡首个乡企的党支部书记。

父亲为人正直，从不以权谋私。那时，家里六七口人，生活十分困难，往往有了上顿没下顿。青黄不接的时候，奶奶、妈妈就夹着笤箕或脸盆去邻居家借米。那时，父亲掌管大队的财务，但他从不占用公家的一分钱。

父亲是个热心人，不论是邻里纠纷，还是鸡毛蒜皮的小事，群众都喜欢找他评理。他总会认真对待，耐心地做工作，直到大家满意为止。他每天总是忙忙碌碌，经常到了半夜才回家。遇到什么困难户、受灾户，他经常自掏腰包，并为他们申请救济。本大队内，不管谁家遇到红白喜事，只要父亲知道的，他准会前往。

父亲与人共事，宁愿自己吃点亏，也不占别人便宜。父亲借给别人家的钱，从不知道讨要。待到人家归还时，他好像才想起来，"呵呵"一笑称"慌着还干什么"。有时，我还真以为父亲得了"健忘症"。父亲的酒量小，只要人家陪喝的酒，他宁愿喝多了，也不愿驳人家的面子。每次看到别人为一杯酒争得面红耳赤时，或是看到别人不能喝时，为了解围，他总抢着代别人喝，以至于十场九醉。后来患上的贲门癌，与他经常醉酒，不惜顾自己身子有很大关系。

父亲不讲究吃穿，一件洗得发白的的确良衬衣，一件上衣口袋里插着钢笔的中山装，一双解放鞋，是父亲最好的行头。后来的一块"芙蓉"牌手表，还是八十年代妈妈做生意时给买的。在家的时候，父亲喜欢喝点散装白酒，主要有粮食酒、稗子酒和山芋酒，就着一碟花生米，喝得津津有味。

　　父亲十分勤劳，一生未离开过农事。犁田打耙，抛秧撒种，样样能来。即使在当大队干部时，他也经常抽空从事田间劳作。二十世纪八十年代后期，家境贫困的父亲也曾有过短暂的辞职，随母亲外出做生意，带领大家养殖河蚌。但秉性耿直、不善经营的他，终未改变贫穷的命运。

　　父亲对儿女十分严厉。那时，家中只要来了客人，我们姐弟四人从不许坐上桌子吃饭。即便客人给我们夹菜，也要看看父亲的脸色。父亲对自己十分抠，对儿女的愿望则尽量满足。待经济条件好转后，父亲用他多年积攒下来的钱，先后为我们购置了收音机、自行车、录音机、电视机。父亲很少打骂我们。小的时候，爱哭爱闹的我和弟弟挨过揍。长大后的一次，是在一个夏天的中午，我和弟弟长时间泡在河里。父亲叫喊了几次，也不见我俩上岸。一气之下，父亲抄起一根竹竿冲下河埂，吓得我和弟弟来不及穿上裤子，顾不上坚硬的土疙瘩，光着脚丫夺路而逃，耳旁呼呼生风，奔跑了一两里路。回头一看，早已不见父亲的身影。

　　父亲一直对我寄予厚望，盼望我好好读书，将来有出息。然而，天性愚笨的我终究未能实现他的心愿。

　　父亲和千千万万的旧式农民一样，身上深深地打上时代的烙印，纯朴，善良，坚韧。或许是经历的苦难太多，或许是怀着一颗感恩的心，所以对生命格外敬畏，对人性的领悟更加透彻。

微燃岁月

作者：杨春富

暑假回家，墙壁泛黄，角落里布满了蜘蛛网。桌子、椅子、茶几等东倒西歪。

沧桑的客厅里，站着一个人，布衫褴褛，绽放着满脸干瘪的笑。

我抑着满满的思念，安静地叫了一声"爸"。父亲嘿嘿地笑了一声："你回来了。"

侄儿满月，在他外婆家。哥哥想着家里添了宝贝儿子，干活更起劲了。晚上就住在汽车修理厂的宿舍里，难得回来一趟。

年近六十的父亲一把锄头、一担簸箕、一壶水，头顶炎炎烈日，脚踏滚烫沙地，独自一人，辛勤劳作，风雨无阻。

我放暑假了，父亲也有人陪了。空荡荡的房子里，父子俩爽朗的笑声，给干涸的时光带来一丝活水的灵动。

清晨四点，父亲便一骨碌地从床上爬起，烧香喷喷的地瓜粥。那时，窗外漆黑一片。五点半，我们俩便迎着喷薄欲出的朝阳出门干活。这时，周遭的邻居们还沉睡在甜蜜的梦乡里。

我们拔起花生，抖掉根上清香的土壤，累累硕果，颗颗饱满，傲气逼人，喜气迎人。青翠的茎叶和淡黄的花错落有致。

　　拔完花生，接着种大豆。等大豆成熟后，又接着种玉米。勤劳的农民是不会让地荒着让人闲着的。有些土地还是父亲前几年开荒出来的，现在已很肥沃了。

　　中午我下厨，以往我只负责烧火。现在，母亲在遥远的天堂，我必须学会打理家中的一切。邻居婶婶送来一盘从河里摸来的螺蛳，我小心翼翼地剪掉它们的尾部，放在水里漂清。四奶奶送来的几个鸡蛋，刚好可以和菜园里红彤彤的西红柿配成一盘。嫩花花的青豆，紫灿灿的茄子……我用如同女孩般的细腻心思做了满桌鲜美的饭菜。父亲笑脸放光，如享盛宴。

　　傍晚，迎着火红的晚霞，捧着满满一盆的衣服，去河里濯洗。大自然抱着一弯清澈碧绿的河水，天空在河里蓝，白云在河里追逐梭子般的鱼。我蹲在干净的石板前，若有所思，想象母亲以前在这里洗衣服的心情。我想，她的心情肯定是恬静自然、毫无怨言的，因为她洗的衣服是她心爱的丈夫和可爱的儿子们的。

　　凌晨，我们把花生和冬瓜装进农用三轮车里，满满一车，足足有三百多斤。当破烂三轮车的铃声在村里响起的时候，引起一阵此起彼伏的狗吠。父亲高声呵斥，吓退狗群。如果这些声音刚巧被失眠的邻居们听到，他们肯定知道村最西头那个勤劳的老汉又开始上集市卖菜了。

　　我家到镇上的集市上有五道坡，数出村头的那道坡最陡。在爬这道坡时，父亲双腕护住车头，用尽全力拉着车。我踮着脚，使出吃奶的力气在后头推。车太重，坡太陡，三轮车停在半坡上无法前进。父亲汗流浃背，衣服像从河里捞上来的一般。我额头的汗水流进嘴里，咸咸的盐味。我推车仰头，看见繁星点点。有一颗星，明眸善睐，亲切可掬，仿佛母亲的笑脸。

　　这时，我听到父亲的一声断喝："二娃，我们一起数一、二、三，一口气把它推上去。""好！"我应允得气壮山河。于是，我们齐喊"一、二、三"，齐心协力，一鼓作气，艰难而又信心十足地爬上了这道高坡。

　　在坡的尽头，我们停下来暂作休息。月光如洗，星光璀璨，几只萤火虫缓缓飞了出来，我的眼前顿时生动了起来，心里亮堂，仿佛有一道光劈开漆黑的夜晚，指引着我走向远方。它们时而停在芦苇叶上，时而落在草茎上，然后渐行渐远，隐没在前方的橘林中。我的眼睛默默地尾随着它们，心里轻轻地作别，耳边隐隐约约地响起一首曾落进我心坎里的歌：

　　萤火虫萤火虫慢慢飞

　　夏夜里夏夜里风轻吹

　　……

　　燃烧小小的身影在夜晚

　　为夜路的旅人照亮方向

　　从集市回来，天还未全亮。借着昏暗的橘黄灯光，父亲低头专注地数钱，有十块五块的，有一毛两毛的，林林总总，一共卖了102元8毛。父亲安慰我："你放心吧，你的学费早就攒齐了，现在赚的可都是你在校的生活费。"父亲胸有成竹，仿佛驯服汹涌大海的舵手。我的眼角热热的，那是感动的温度。岁月如水，以后的日子里，不管困苦还是幸福，我都会想起那年夏天与父亲相依为命的微燃时光。

后视镜里的父亲

作者：王陆一

第一次开车去上班，从老家到市里，接近九十公里，对于刚刚学会开车的我，表面故作镇定，心里却紧张得很。多么盼望有人能陪自己开一程啊！可是，父亲常年在外，即使回来了，也没时间去送我。

第一回不到五点钟就醒了。母亲下了面条，我一口也没吃。父亲从屋里出来，我很意外，原来是昨天晚上回来的。他帮我把东西搬进后备箱，什么都没说。

我发动车子，缓慢地驶上大路。农村的路并不宽，又因为加了护栏，感觉路更窄了，我的速度很慢。

突然，后视镜里出现了父亲骑着摩托车的身影，那么渺小。不知道他为什么赶来，我缓缓地减速，直到与他并行。初秋的早上有些微凉了，父亲穿了件长外套，下边还是那条肥大的七分短裤，看上去不太搭调。外套的拉链没有拉上，衣摆被风吹向两边。原来是母亲让他去买馒头，我暗暗庆幸不是专门来送我的。

我缓缓地加速，他又逐渐变得渺小，最后成为后视镜里一个不断移动的点。左转弯，刹那间后视镜里没有了移动的那个他，我心里陡然有些慌张。就在方向回正的瞬间，他又出现在我的视线里。

我在前，他在后。清晨的路上，只有我一辆车。之前他教我，没有车的时候速度可以快一些。可是，我知道仪表盘上的数字没有改变，他一直在我的后视镜里。

从有记忆以来，就知道父亲不一样。他不会农忙时候跟母亲一起收麦，不会大雨时给我们姊妹几个送伞，也从没有因为成绩夸奖或者批评过我们，从来都是母亲一个人。

他是一个货车司机，常年奔波在拉煤的途中。几十年如一日地装煤、开车、卸煤，在家的时间大多在补觉。因为跟煤炭打交道，他的衣服总是黑黑的，人总是灰头土脸的。可能因为睡眠不足，也可能因为跟人打交道少，父亲显得木讷。

他不在家的日子，被母亲称作"出发"了。小时候，以为自己有一个走南闯北的父亲，特别骄傲，缠着他给我买本词典。那时候，不知道所谓的"出发"根本不是穿梭在繁华的都市，可能大货车连城市主干道都去不了。

然而，面对女儿小小的虚荣心，少言的父亲竟没有拒绝。他一定努力找机会找书店，我甚至能够想象满脸炭灰、笨口拙舌的父亲向店员询问时的窘迫。

即便是在被我追问了好多次后，他才带回来；即便那本词典根本不与我的课本配套，但那仍是我小学阶段唯一的一本词典。直到小学毕业，它还是崭新如初。时至今日，它仍旧躺在我的书架上。

我与父亲就这样一前一后，虽然我的车速很慢，但他就是赶不上来。是啊，逐渐老去的他，怎么可能赶得上子女呢？

走到一个岔路口，我停下，降下车窗，等他从一个点逐渐变得清晰，只为听他嘱咐我一句"慢点"……

挑扁担的父亲

作者：吴瑕

　　记忆中的父亲永远以挑扛的形象诠释农家沉重的生活。似乎所有的东西都是靠一担担挑来的，包括小康和幸福。父亲用水桶从池塘里挑回饮用水，用箩筐挑着稻子、麦子、芝麻、黄豆、绿豆等农家的彩色，汗水八瓣地挑回家。挑得更多的是金色的稻谷和麦子，还有白亮亮的大米。

　　父亲肩头的扁担在农忙时节如同长在他的肩上的十字架，颤悠悠的担子被他扛在肩头随着步伐晃动。在我看来，那是劳动的号子。一根竹质的扁担被父亲宽宽的肩膀挑来我们一家小康的微笑，挑出我们家的新瓦房，挑出满屋的亮堂堂，还有我们梦寐以求的花衣裳。父亲肩膀上的茧花，我掐他都没有知觉。父亲说，那是农民后天性的胎记。我说，那是扁担给他的出勤颁的奖。

　　父亲很干瘦，不到一米七的个子，却是撑起我们家的脊梁。一百多斤的担子，他挑在肩上，依然能在泥泞的田埂上大步流星。只是我听到他急促的呼吸里有舍我其谁的悲壮，还有他微微打颤的腿肚子在提醒他别太扛了。我们兄妹四个是他努力的动力，他说看到我们笑了，他也满足了。

农忙的季节，父亲用扁担挑着稻子、挑着化肥在责任田里把农事平整成一大张稿纸，收割稻子、平整稻田、施肥、插秧，每一样都要挑扛。扁担颤悠的号子从黎明开始合奏到月亮升起，一颗颗汗珠攀在父亲的脸上，在他纵横的皱纹里湿漉漉地奔跑。父亲不管不顾，撩起袖子擦擦跑到眼睛里的汗珠，继续干活。前襟后背上的盐花是记录着我的父亲辛劳的凭证，急促的喘息声里满是身心极度的透支。

父亲不知道挑断了多少扁担，用他的永不言弃把我家的粮仓装得满满的、芝麻黄豆绿豆装满了坛坛罐罐。他说，仓里有粮，心里不慌。他说，晴带雨伞，饱防荒年。冬天，他还要割茅草，挑回家后，堆积成硕大的城堡，那是可以燃烧一个冬天的柴火。他用肩头厚厚的茧花挑来我家的新楼房，还用丰厚的嫁妆把大姐风光地嫁出去了，银行里也跑得更勤了。

我随着打工潮离开家的时候，父亲这次没有挑着担子送我，而是提着我的行囊送到村口，让我照顾好自己。在他转身的时候，我惊奇地发现他背部有突兀的弧线。我知道，那是生活，那是扁担留下的无声家训，让我懂得，必须像他那样扛起生活的重荷，挑出自己的未来。

在异乡一连串的碰壁里，梦回时，家乡就像扁担一样，压在我的胸口，沉重出父亲挑扛的剪影。

你在那里，就是最大的意义

作者：沈青黎

前段时间，父亲摔伤了。手术后，医生叮嘱他安心静养，不能再干重活了。在此之前，父亲是个闲不住的人，他几乎包揽了家中所有的重活累活。家里从来不需要修理工，不管是家具、电器还是水电线路，哪里的问题都难不倒父亲。经过他一番敲打整修，几乎所有的设备都会奇迹般地"复原"。对全家人而言，父亲便是超人一样的存在。

受伤之后，父亲整整在病床上躺了一个多月。那段时间里，他连最基本的动作都难以完成，吃饭要靠人喂，手和脸要别人帮忙清洁，连解手也要在病床上解决。看到家人为了照顾自己而奔忙，父亲很过意不去，连说："我摔成这样，以后也干不了什么活儿了，不能给你们帮忙，还得连累你们，这活得有什么意思啊？"

听了父亲的话，我认真跟他分析道："爸，干不了活儿没关系，您老人家好好活着，对我们来说就是最大的意义。您瞧，只要您在身边，我和我姐就有爸，妈就有老伴，这不就是最大的用处吗？"

父亲听了，便也当下释然，安心养起病来。

几年来，我一直在一家公益机构做义工。近几个月，因为时间上的冲突，我无法再胜任原来的工作。很早之前，我便加入了这家机构的义工微信群，看到其他义工在群里热烈地讨论着自己的付出，我有点不安，便向机构负责人提出要退群。

结果，对方告诉我："就算什么都不做，你在群里，本身就是一种意义。你做了那么久的义工，曾多次参与过我们举办的慈善活动。你的存在，一定程度上象征着我们的义工精神。就算你没有做什么，也是非常有意义的。"对方很认真。我若有所思。三年前，姐姐做了妈妈。为了更好地陪伴孩子，她选择了辞去一家知名企业的工作，成了一名全职妈妈。

随着时光的流逝，孩子在姐姐的精心照料下变得聪明而健壮，但姐姐的心境却变得越来越迷茫。辞职之前，她正处于事业的上升期。但辞职后，她却终日跟尿布奶瓶打交道，所有的精力都用在了宝宝的身上。在朋友圈里，她看到昔日不如自己的同事升职了、加薪了，有的还成了大区经理。他们每天穿着得体的职业装游走于职场之间，举手投足间尽是优雅与自信，假期便四处旅行。相比之下，姐姐更觉得自己过得狼狈，她向我抱怨说："这三年，我除了带娃什么都没做，一点成长都没有，真郁闷！"

"可是，宝宝得到了你细致的照顾和耐心的陪伴，你温暖了她最初的生命，你的存在对整个家庭来说意义非凡啊……"我说。

"好像是这样哎，这么说，我还是活得挺有价值的。"姐姐完成转念后，也不再对自己的处境耿耿于怀。

很多时候，我们往往热衷于追寻一件事的意义。但在生命的长河里，事物的意义却往往是难以估量的。很多时候，存在的本身便是最大的意义。此时，若是有所为，便是锦上添花。若因为条件所限，暂时无法做什么，也不必过分自责。这是因为，努力活着，沿着生命的轨迹自然地走下去，便是最有意义的一件事。

养鱼记

作者：罗鸿

父亲垂钓归来，欣喜地递给我一条小鱼。我赶紧拿着盛满清水的盆子接住。可这鱼也太小了吧，就二指宽，鼓着圆眼睛，摇着红尾巴，瞬间就在水里游得很欢。"那个是给你养的。"父亲笑道。接着，"扑啦啦"的声响传过去，几条大鱼从笆篓里跌下来，晚餐可没白等呀。

父亲说，钓起那条小鱼后，本想把它扔回湖里。但想起阳台上有个空鱼缸，就把它带回来了。

父亲还记得我小时候喜欢养鱼呢。

那时候，一到春天的周末，我总会带着个玻璃罐头瓶，蹲在田埂上，静静等待那些比蝌蚪还小的鱼儿出现。一旦它们成群结队地游来，我便屏住呼吸，伸出双手，掬起一捧水。它们惊慌失措地迅速散开，但总会有一两条笨拙的鱼儿，左顾右盼，却不知道已经落入我的手心。我从不贪婪，捉到两三条就会心满意足地打道回府。我把罐头瓶搁在窗台上，痴痴地看着，想象那是一个水晶宫。阳光斜射过来，瓶子里浮现出道道金光。鱼儿轻轻游来，撞在玻璃壁上，摆一摆尾巴，又游到另一边去了。

瓶子里有洁白的石子，有水草、浮萍，有时候还会有一两只小虾。我想，鱼儿们一定很满意。

但父亲总说，瓶口太小，鱼呼吸不到空气，会死掉的，不如养在脸盆里。我自然不会听他的意见。那些盆子相貌丑陋，可以从侧边透射光线吗？能制造水晶宫的假象吗？我固执地等待鱼儿长大，最好再产一群小鱼……

然而，鱼儿的游动越来越慢。没过几天，就肚子朝上，无力地漂浮在水面了。我垂着头，把罐头瓶里的水和鱼倒掉。父亲说，以后买个大鱼缸，放地上的，加氧气管子，鱼儿就不会死了。我没见过那样的鱼缸，那年月，我们小镇上不会有这么小资的东西卖。父亲说北京有，大城市里都有……我开始渴望北京，渴望大城市。

然而，大城市太遥远，北京更远。每年春天，田里的鱼苗开始游动。我又开始蠢蠢欲动，四下里寻找玻璃罐子。几天后，再伤心地把鱼倒掉。这样的事情，每年春天都要发生……

很多年过去，我几乎忘了养鱼的事。父亲却记得，装修房子前，请父亲来看。他说，卧室外可以定制一个鱼缸，既美观，又能起到玄关的作用。我点头称是，一旁的设计师对父亲肃然起敬。然而，房子装好后，我们发现原本就不宽敞的屋子，如果做一个鱼缸只能显得更狭窄，这个设想只好搁浅。

父亲在夜市上买了鱼缸，还有几对金鱼。他把鱼缸放在茶几上，金鱼摇摆着四下张望，屋里顿时生意盎然。父亲说："你小时候很喜欢养鱼的。"我一边笑，一边把几粒鱼饲料扔进鱼缸。鱼儿争先恐后地追逐起来，翕动着嘴，鼓动着腮帮，那些浮动的饲料全部被吞入肚子。父亲总会提醒我少喂一点，说鱼吃不了那么多，还说常换水就可以维持金鱼的生命。我疑心他不舍得多买饲料，嘴里答应着，心里却不以为然。果然，父亲一回老家，金鱼就死了大半。我打电话告诉父亲，他着急地说："那是被撑死的！记得换水，不要喂饲料了。"我不喂饲料，一忙起来，水也忘了换，天气转热后，金鱼死得一条不剩。

而眼下，父亲把灰尘满布的鱼缸又找出来了。他把它洗得晶莹剔透，盛满清水，放入鱼儿，真像一个小小的水晶宫！

父亲跷着腿，心满意足地坐在沙发上，看着游动的小鱼，陶醉地说："明天，我再去钓几条小鱼回来。"我忽然想到，父亲才是真喜欢养鱼的呢，而我是"叶公好龙"！

追赶火车的人

作者：杨春富

从出生到高中，没有出过龙游县。高考失利，心一狠，填了远方的大学。我想这样可以摆脱父母的管辖，将伤感的青春交付给远方的大山，做一只心无旁骛、自由翱翔的小鸟。

父母不放心我一人出远门，找了一个同龄人结伴同行，约好在火车站碰头。到了目的地，会有他的老乡来接我们。

晚上九点钟的火车。傍晚五点，我们吃罢晚饭，急匆匆地往火车站赶，生怕错过火车。

父亲踩着三轮车，拉着二十岁（读书晚，八周岁才读一年级）的我和满满的行囊，爬过有五道坡的乡间柏油马路。车铃响起，洒一地的歌声，为我二十岁的远足饯行。

到了火车站，还不到六点。于是，两个人便等火车。火车没有来，悬着的心就不能放下。可时间还绰绰有余，总需要打发一下。父亲把双手插在口袋，在车站墙上东看看西瞧瞧，余光却时不时盯着火车开来的方向。

同伴八点钟才来火车站，他也第一次出远门，但老练多了，没有大人陪伴。

到了八点半，在我们望眼欲穿的等待中，终于等来了检票时间。

父亲左手拉着皮箱，右手拎着装满食品的布袋，和我一起挤入行色匆匆的人群。

检票口，父亲被检票员拦了下来，原因是没有买站台票。父亲怕耽误时间，恳求能否先送我上车然后回来补。在遭到拒绝后，父亲让我们先等一会，然后拔起腿，向售票点冲去。他那双青色的解放鞋，踏在光滑的地面上，显得非常轻快。

不一会儿，父亲气喘吁吁地出现在我的面前，一副如释重负的模样。我们顺利地过了检票口。

我们站在月台等待，火车还没有进站。秋天的夜晚，寒意四射。我瑟瑟地发抖，父亲从皮箱里找了一件衣服给我披上。

"呜咕咚咕咚"，火车终于刺破夜幕，身袭一路秋寒，姗姗来迟。

父亲看着缓缓停下的火车，紧张起来。不知道往哪个方向上车。他拿着票问火车上走下来的列车员。她告诉父亲，我那节车厢还在前面。于是，我们一起往前跑。他一时忘了皮箱是可以拉着走的，左手拎起皮箱，右手拎起布袋，健步如飞地奔跑起来。他一脸严肃，跑得非常专注、非常焦虑，仿佛慢一步，火车就赶不上了。月亮把清辉洒在月台上，也洒在他灰色的粗布衣服上。他的身体有点单薄，心中却似乎有一团炽热的火焰在燃烧。正是这团火，点燃了我迷茫的双眼，温暖了我无助的心灵。

等我顺利上了火车，父亲呆在原地，看着渐行渐远的火车，看着我，向我招手，向我微笑，嘴巴在动，仿佛在说：在外一定要照顾好自己。

如果你的身边有为你追赶火车的人，请你一定要好好爱他。

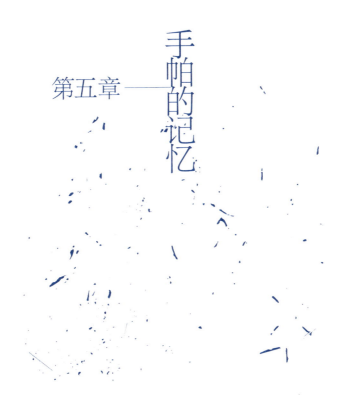

第五章——手帕的记忆

所以啊，趁着还在世间，趁着那些人还在，去努力好好相处，去努力珍惜和他们在一起的时光。不负当下，珍惜时间，才是减轻遗憾的最好方式。

核桃的香味

作者：忆海忘川

每年清明时节，为了祭祀先人，有人去陵园送上鲜花贡品，有人在门前巷口焚烧纸钱。连政府都在倡导文明祭祀或者网上祭祀，足可见对祭祀的重视程度。

有记忆以来，我们对长辈的印象大多只能往前追溯到祖父母一辈。毕竟能有缘与曾祖父母那一辈人相处的后辈可以说是寥寥无几，恐怕也很难留下什么深刻的印象。因此，曾祖父以上的长辈对于我们而言，大多只不过是墓碑上的一个冰冷名字，遥远而又陌生。清明节前去拜祭，往往也只是流于形式。

从祖父母往下，都是我们生活中密不可分的人。我们的人生悲喜，也多与他们相连。无论他们活着的时候是否对我们关爱有加，目送一个生命离开总是一件让人悲伤的事情。但是，随着时间的流逝，这悲伤也会被稀释、淡化，逐渐消逝。于是，大多数离世的长辈，就此消失于我们的生命中。

可是，也总有些人是不同的。哪怕已经离开我们多年，依旧还活在我们的记忆深处。某一天的某个场景、某个人的某一句话，都会让我们又想起他。

　　我的外公是个普通的农民，他一生总共养育了六个女儿、两个儿子。那时候，国家还没有开始实行计划生育政策，家家户户都有好几个孩子。那一代人，应该是重男轻女极为严重的。我外公家也是最小的两个孩子是男孩。不过，在兄弟姐妹中，学历最高的却是我妈妈。她虽然是老四，可外公还是一直供她读到了高中毕业。

　　我妈妈虽然是兄弟姐妹中学历最高的，婚姻却并不如意，尽管是在那个年代还比较少见的自由恋爱结的婚，却在我五岁的时候离了婚。离婚后，妈妈带我回到了外公家生活。

　　不同于周围的村子，我外公家虽然也在农村，不过那是个农场。想来那时农场的生活肯定是要比周边的村子好一些的。所以，我那几个姨妈结婚以后都没有在婆家过，而是拖家带口地依附于我外公生活。尽管吃喝住宿是各自分开的，可孩子们还是在外公家的时候多。

　　从我记事起，外公的身体就已经很不好了。为了养活众多的子女，年轻时过度的体力劳动和艰难生活已经早早地损伤了他的健康。一到冬天，外公就咳喘个不停，原本就消瘦的身体也越发虚弱了。

　　那时候，日子还很穷，农村的孩子是吃不上什么零食的。大人们也只有在去看望病人的时候才会舍得买些礼品吃食。我大姨不知道从哪里听说，吃核桃可以止咳，就给外公买了一小兜。那时候，实在是太不懂事，大姨才刚把核桃拿来，我们几个孩子就都围着闹着要吃。大姨说是给外公治病的，一人只给了一个，就赶紧藏起来了。

那是我人生第一次吃到核桃，觉得真是好吃极了。

小孩子大多是不听话的，大约我小时候又格外调皮些。所以，妈妈经常呵斥我，哭闹也就成了我童年生活的常态。此后，每当我被呵斥哭闹不止的时候，外公总是悄悄把我叫进里屋，摸出一个核桃来哄我。

时间过于久远了，久远到我已经记不清自己究竟吃了多久的核桃。只是现在一回忆起跟外公一起生活的那段日子，就会想起核桃的香味来。

现在想来，大姨买了给外公治病的那一小兜核桃，外公大概是一个也没吃过吧。

亲爱的外公，现在我已经长大了，能够给您买核桃吃了。可是，您在天堂还好吗？

旧时巷

作者：墨彦竹

　　门前的梧桐树由绿变黄、由黄变绿，岁月如沙漏般悄无声息地流逝。冬姑娘轻盈地扭动着腰肢赶来，累了枕在宁静安详的大山臂弯里，触摸空气的肌肤，拉近与大山间的距离。

　　连续几天阴雨绵绵的水坝塘镇终于迎来了久违的阳光，那金灿灿的光芒洒在横卧山腰的正习高速公路上，犹如盘旋在半山腰间的巨龙睁开惺忪的睡眼，绽放出耀眼的光辉。

　　转眼又要临近春节，常年身处于异地他乡忙于工作的我很少回家，每次都是爷爷主动给我打电话嘘寒问暖。每当听见爷爷的声音，我的泪水就在眼眶中打转。对于爷爷，我存有很深的感情，他是我成长道路上不可或缺的避风港湾。

　　中学时期，父母在外地打工，我就和爷爷一起生活，这一住便是整整五年。这五年间，爷爷悉心地照料着我的衣食起居，每天变着花样研究食谱，说我读书费脑子，可千万不能亏待了嘴。

　　记忆最深的便是爷爷亲手做的米粉，虽然食材简单，但是那汤汁味道鲜美，是爷爷秘制的汤料。据爷爷说，这汤汁喝了后会补血气，还能补钙。在此之前，爷爷还特意研究过食谱，只为了给还在长身体的我多补充点营养。这满满一碗注入了浓浓心血的米粉是我这辈子挥之不去的印象，也是我吃过的最美味的佳肴。

现在回忆起在爷爷家住的那五年光阴，真是充满了无限的幸福。

那时候，不论是严寒酷暑还是刮风下雨，爷爷都会在我睡醒之前，到街上给我买我最爱吃的糯米团。

印象最深刻的就是那年冬季的一天，我早上醒来后，发现爷爷不在家里。等了好久，终于看见爷爷风尘仆仆地回来。门一开，寒风中夹杂着雪瓣，随着爷爷的身影灌入屋内。只见爷爷双颊冻得通红，颤抖着双手拉开大衣，从怀中掏出一副手套，又从手套中拿出带有他体温的糯米团递给我。

那一刻，我清楚地看见他的双手都已经布满了冻疮，不由得鼻尖发酸，泪水在眼眶中打转。爷爷为了让糯米团保温，竟然脱去了手套将糯米团塞进去，又放入怀中，用自身的体温去温暖糯米团，只为了让我能吃上热乎乎的早餐。

还有一年，因为上学的路程较远，爷爷给我买了一辆脚踏车。但是，当时我刚会骑，技术不佳，时常摔跤，脚踏车总是被摔坏。

当我每次都以狼狈的样子回到爷爷家时，本以为他会责骂我，没想到他第一时间便是拉住我上下打量着，心疼地问我有没有受伤。在我用毛巾擦拭脏兮兮的脸庞时，却见爷爷一声不吭地推着脚踏车进了阳台，倒腾了很久。第二天，我看见门口的脚踏车又恢复了原样，想必是爷爷亲手修理好的，我心头暖暖的。

转眼间，我已经参加了工作，整天忙于奔波，和爷爷之间的沟通也越来越少了。每次爷爷要我抽空回去一趟，我都因为工作繁忙而迟迟未归。直到接到爷爷病危的噩耗，我才知晓原来爷爷早在去年年初便查出了胃癌晚期。他怕我担心，总是刻意瞒着我。即使住了院，也从来不对我透露半分，让我安心工作。

爷爷病危时，我赶回了故乡。原本像棵参天大树那样挺拔伟岸的爷爷瞬间像是被榨干了似的，瘦脱了相。明明因为化疗的缘故变得十分难受了，可见我到来，他还是忍不住地露出笑容，就像是儿时那般熟悉的感觉。

我寸步不离地守在爷爷的病床前，悉心照料他。他却一直怕影响我的工作，总是要我早点买票返回工作岗位。他说，身在其职，就要认真严肃地去对待工作。

就在我离开那日的途中，我接到了爷爷去世的电话。那一刻，我仿佛觉得天都塌了，脑海中不断地闪现出和爷爷在一起的点点滴滴。

时光倒流，在那夕阳的余晖下，爷爷牵着我的小手，我们一老一小漫步在林荫小路上，身后一高一矮的影子被拉得顾长，朝着幸福生活渐行渐近。

时间是无限的，生命却是有限的。在我们有限的生命中，要珍惜身边的人，不要等到失去了，才追悔莫及。

只可惜，当我懂得这些道理时，爷爷走了，而我也长大了。

不断送别

作者：黛帕

我此生，最不喜的便是送别的感觉，但我又不断地在送别。

我算是比较中庸又平静的女子，没有特别喜欢的事。如果有的话，便是舞蹈和写作无疑。但对于二者，我又不是缺之不可，爱到骨髓。也没有特别讨厌的事，如果有，那便是送别。但是从小，我就不断地在送别。

小时是经常看着父母出门的，然后就在屋檐下玩耍，等着他们回来。当时是没有这些矫情的感觉的。

第一次感觉到送别的滋味，是我七岁时候。当时，母亲去一个很远的乡镇教书，一个月后才能回来。再次出发的时候，我第一次感受到"离开"这个词。那时候，我七岁。我至今记得当时的场景，奶奶忙碌地准备了很多吃的，装了很多蔬菜，给弟弟装了衣服。母亲抱着弟弟，一边换鞋一边叫我。我木木地走过去，母亲在我的额头上，轻轻地落下一个吻——那是我记忆中的第一吻。

我看着母亲和弟弟，突然就觉得好不舍得。一旁正想跟母亲撒娇，叫她不要走，要不然就带我一起走，奶奶就说："快点，车来了！"母亲匆忙地跳上了车，奶奶不断地叮嘱要如何照顾好弟弟，如何休息，如何……

如何……我在旁边一声不吭地看着车子，心里对它无比怨恨，怎么早不来、晚不来，偏偏要在我撒娇的时候来！

所以，我人生中第一次有预谋的撒娇就这样"胎死腹中"。我一直很平静地看着车子驶远，却在奶奶牵着我说"回家"时哭得不能自已，抽抽搭搭地哭了一个下午。从此，我有了"水猫"这一难听的称号。

而第一次真正意义上的送别——永别，是跟奶奶。奶奶是我看着去世的，我无法形容那种感觉，像胸膛里灌了阵阵寒风，不断地在胸腔里回旋，不断地刮着胸腔，就那样钝痛着；又像被冻了很久的伤口，突然有了温度，就那样清醒而尖锐地痛着，你却无可奈何。当时，我无比镇静地帮奶奶掖好被角，还在她额角落下了一吻。那是我第一次吻别人，第一次吻一个没有生命的人，也是我至今唯一的一次。当时的心情，说不出。然后，出去叫大人。之后，就一直很安静地在一边看着他们忙碌。

我感觉失去了什么东西，却不太明白失去了什么。

那一天，过程好像无比漫长。然后，糊里糊涂地睡着了，一觉睡到了早上。我醒来时，家里来了很多客人。我安静地收拾好书包，然后……上学。中午还在学校里，认真地做了所有的作业。下午自己又安静地回家，找饭吃，睡觉。

虽然很吵，但我还是睡着了，耳边清醒地听见说话声。但是，我知道，我是睡着的。哭，那是不可避免的，但是我好像比别人忍得久，也哭得安静。之后，很少哭了。那一年，我九岁。

而第一次与同龄人的送别，是跟一个从初中玩到大学的同学兼好友——周。由于家里的强烈要求，我在本市读的大学。而周，不辱使命，远远地逃离到湖北去了。那是夏天，日光白得晃眼。

那时，周有事回来，坐了十几个小时的火车。到铜仁时，相互见面，无惊无喜，仿佛就是这样。也没有谁说煽情的话，就静静地喝了杯奶茶，吃了点东西，再到他的母校逛了逛……我晚上要晚自习，时间有限，七点之前必须到校。在五点多时，陪他去取了火车票，然后他陪我去拦车。走在火车站的广场时，他一把把我抱住，他说："我好像从来没有抱过你。"我呆了一下，任他抱着。这是我的第一个与异性的拥抱。

周有些哽咽，不舍都写在脸上。我当时难以理解一个大男生为何如此多愁善感。而现在很多时候，感同身受。他放开我后，说了很多"妈妈话"，我一句也没有记住。我上车的时候，他在马路边，不停地挥手。当时，我脑海里浮现着：此去经年……那一年，我十九岁。

后来，很多离别，场景形形色色。我有时候记得很清楚，有时候却一点记忆也没有了。再后来，信息发达了很多，交通也发达了很多，每个人要离开的时候，只会发个短信或者打个电话说一声"我要去哪里哪里了"，很少有面对面送别的机会了。这样避免了很多离情别绪。

但是，很重要的朋友跟我说离开的时候，即使隔着手机屏幕，收到他们要离开的短信，我还是忍不住伤感。能让我看着屏幕差点落泪的，非"符"莫属。

符，是符小白。"小白"这外号是我给起的，我们是心灵上的青梅竹马，我暂且这样定义。他去的城市不远，在省内，我们贵州省的省会——贵阳。那是我第一次独自出远门的地方，坐车六个小时才到的地方。拥挤的车流和人流，不新鲜的空气……一切都不是我喜爱的。

他去读书时，我没有去送他。他给我打电话，我没有接到。然后，收到他的短信，"我走了"，没有前因，没有后果，甚至没有标点。我看着看着，心里说不出的压抑。我知道，他会回来，只是时间长短问题。但是，抑制不住地想哭。那一年，我二十一岁半，即将大学毕业。

此后，到现在我二十五岁，我再也没有送过别人离开，也没有收到离去的短信。或许是因为离开的人很多都没回来，也或许是很多人离开却不再告别。

再见青河

作者：玉晨雪

多年前，为跳出农门，我把全部精力用于学习，几乎不跟同学交往。但青河例外，青河是我的同桌，家在县城，性格温和，学习成绩稳居全班第一。不管是谁有难题请教，他都热心讲解，从未厌烦。这让我不由得对他心生敬意。

我前桌有两个同学，也是从农村来的。女生叫琳荷，男生叫阿国。阿国因左脸上有一撮黑毛而特征明显，他在追求琳荷。但琳荷喜欢青河，她经常一脸仰慕地向青河请教问题，很多时候只是找由头跟青河聊天。而青河似乎也很享受琳荷对他的崇拜，但这种情愫还是影响了青河前进的步伐。

那年高考，我刚好达线，而青河却意外名落孙山。

高中毕业后，青河去了县城一家商场工作。每次寒暑假回校，我都会先联系青河，由他联系县城及周边的同学聚会。工作两年后，青河被调往偏远的镇粮站工作，而阿国正好也在此工作，两人由同学、情敌关系一下子演变为同事关系。大四寒假，我去看他们，在一起喝酒。青河喝醉了，很意外地颓废，诉说没有考上大学的失落。阿国说："那又怎样，琳荷还不是一样喜欢你。"话里话外,带有一股浓浓的酸味。

大学毕业离校前一天,我突然收到高中同学杜新的来信,说青河死了,猝死于酒精中毒。我不敢相信,极度伤怀,感叹生命的脆弱。毕业来南京工作后,生活节奏加快,便和高中时代的同学们渐渐失去了联系。

工作五年后的那个春节,我在老家县城一家酒店跟朋友吃饭时,突然就看到了青河。我下意识地喊:"青河!"他扭头呆愣几秒后,疑惑地问:"你是辉哥?"我十分惊喜地问:"五年前,杜新来信跟我说你……"青河打断我:"嗨,那次酒精中毒,喝断片假死,好在火化前又醒过来了。"我听了非常开心。我们喝酒聊天,介绍各自的近况。临别时,我们互留 BP 机号码,互相拥抱,我仍能感受到青河的气息。

同年夏天,我出差去郑州,见到杜新,讲起在老家偶遇青河的事。杜新吃惊地说:"阿辉,你见鬼了吧?当年青河因为是和情敌阿国一起喝酒猝死,所以被严查。为了查清死因,连尸体都解剖了……"我听了背脊发凉,但我决不相信春节我在县城见到的青河是我喝多了出现的幻觉。

我拨打青河的 BP 机,一直没有回复。后来,我设法委托在县城工作的大学同学玉龙警察调查此事。结果是:"青河确已离世。春节时,你在县城见到的是青河的双胞胎弟弟青禾。因小时候双亲离异,青河跟父亲在县城生活,青禾随母亲去了乡下。直到青河出事,母亲才带青禾回来。外人很少知悉此事。青禾看过青河的日记,加上双胞胎的心灵感应,他基本熟悉阿辉你的情况。所以,春节偶遇时,为了不必要的伤感,青禾决定冒充青河与你聊天。青禾说,请你原谅他的欺骗。"

我说:"这不是欺骗,更无需原谅。这是友谊的传递和延续,是残酷生活结出的美丽花朵。我要谢谢青禾!在我心中,他就是青河。我们一定会再见。"

青涩的青

作者：马浩

青涩的青，是初春树皮的颜色，是花褪青杏小的那只青杏，它隐约着稚嫩的质感，蓬勃的冲劲，有种不谙世事的天真。或以为，它属于青春的色谱，实则，它更像一种不世故的年轻心态，有着过尽千帆皆不是的执着。

小杏青，琵琶黄。一青一黄，青涩与成熟，不能不说，时光是催化剂。有一天，我突然发现自己似乎从来没有成熟过，这一发现，让我惊诧，不为别的，我是怕，从此失掉了内心一隅的天真。

青涩，通常是酸的，回味的酸，无不充满甘甜，正像乍品甘时，余味常常会泛着酸，世事往往就是如此奇妙，不可思议。

年少时，心底流淌着清亮的春水，满目的欲滴苍翠，揉不进星点的沙尘，一切是非的标准，但凭一己内心的判断，自认为是对的，就坚持，不计后果。

读高中时，住校，临铺的同学跟我是无话不谈的铁哥们。他喜欢在寝室高谈阔论，收不住嘴，熄灯的铃声已响过许久了，他还在那里滔滔不绝，扰人清梦，被同学告发，课堂上，班主任老师点名批评他，他还抵赖，不认账，老师便让我揭发他。当时，我就想，打小报告的人真可恶，我可不能出卖朋友，心里这么一盘算，嘴上便言出了心声，当时，便把老师晾在了讲台上。后来，看到一部《闻香识女人》的电影，不由得便联想到高中时的那一幕，颇有感触。

去年，我路过那位同窗所在的城市，一时心血来潮，下车去看望他。晚上，我们都喝高了，他送我到宾馆，老夫聊发少年狂，一路抱肩搂腰，他的话依然是那么密。

到了房间里，聊性方兴未艾，一任茶水在桌子散淡着热气。我们聊的话题，没拿眼下的热门应景，而是，捡拾过往岁月的点滴，自然也绕不过，那次"告发事件"，说得风轻云淡，仿佛在说着某个小说的情节。当时，他曾咬牙切齿地发誓，一定要找到告密者。他说，同窗之谊，真是奇妙又诡异，同学多年，有的根本就没有说过话，交往更是无从谈起，不过，想着他们却是那么地亲切，你能说出个中因由吗？

人情如纸，有时是点不透的，即便点透了，那又如何？你能觅到标准答案吗？佛言，一切皆为法，如梦幻泡影。人是以心灵与这个世界发生密切联系的，人有病，天知否？那一刻，我看到了一个成熟男人的青涩，从中，也能洞见自己。

都说文人相轻，其实，骨子里透着亲近，嫉妒者除外，那属于个人的品质问题，是另一个范畴，不是有这么一句话，爱的对面不是恨，是漠视。以文会友的文人，多是惺惺相惜，那份天真烂漫，透着人间的温暖与美好。

一个月朗星稀的夜晚，苏轼正解衣就寝，一束月光透过窗户，正好打在他的床上，他循着月光，但见空中孤月一轮，清辉如水，不可辜负。遂又穿戴好，步入庭院。突然想到了居住在承天寺的好友张怀民，于是，借着月色去找张怀民。"怀民亦未寝，相与步于中庭。庭下如积水空明，水中藻荇交横，盖竹柏影也。"

在承天寺，他们都闲聊了些什么，不重要了，此时，他们的心是相同的，他们心底都住着一个老顽童。

苏东坡对生活是保有一份童心的，有着一份无邪的任性。喝醉了，曾与童子相藉而眠；他是个饕餮之徒，被贬黄州时，他发明了东坡肉；正是他人生的低谷，他作了首《食猪肉诗》，很有趣，诗曰："黄州好猪肉，价贱如泥土。富者不肯吃，贫者不解煮。慢著火，少著水，火候足时它自美。每日起来打一碗，饱得自家君莫管。"他有一段写他作文快意的文字，"某生平生无快意事，惟作文章，意之所到，则笔力曲折，无不尽意。自谓世间乐事，无逾此者。"那份天真不染纤尘的形象，跃然于字里行间。无独有偶，当代大家汪曾祺也有过类似的文字，他说写完一篇得意文字，大有提刀四顾的快意。"对自己说：'你小子还真有有两下子！'此乐非局外人所能想象。"

世事洞明，心底尚留一份青涩，就像不懂爱情的初恋，不被外物所染，只关乎内心，心态便会宁静，泰然，充满活力。

从一颗种子开始

作者：李占梅

由于视网膜中央动脉栓塞，母亲的眼底突然出血。没多久，双眼就完全失明了。那一年，正好是父母结婚四十周年。

母亲一直对花花草草情有独钟。在那个贫瘠的年代，年轻的父亲就是凭着从山里采来的一把把鲜花和一首首蹩脚的情诗打动了母亲的芳心。

父亲在村里教书。家里人多地少，父亲却总要在田间地头留出几垄地，为母亲种几棵向阳花。尽管最后结籽时都被鸟儿"偷"了去，但花开时，那太阳一般的金黄总是会映红了母亲的笑脸。

而今，再也看不到阳光的七彩之美，看不到星星眨眼睛，看不到窗外院子里向她点头的向阳花。绝望让母亲的心情一下子跌落到低谷。

我们姊妹几个把母亲接到城里，让她在我们各自的家中轮流住，父亲也想尽办法劝慰母亲，试图让母亲恢复到以前的快乐模样。然而，一切都无济于事。

母亲说什么也要回到乡下的家，说老家院子里有她熟悉的味道，看不见了，好歹她还能闻得到。

母亲无意中的一句话，却让父亲动了心思。

回到家，父亲果断地购买了邻居那处闲置多年都没有卖出去的坍塌的院落。等我们知道时，父亲已经把钱如数交给了人家。

我们都认为父亲疯了。农村这样的闲置院落太多了，根本就不值父亲给对方的这个价钱，而且，这样的废弃院落没有半点可利用的价值。

那一年，父亲已经六十岁，刚刚退休。六十岁的父亲平整好地面，推倒两家院子中间的围墙，把两个院落变成了一处院子。父亲说，他要把院子里的每一寸土地都种上各种能种的花卉。

"爸，您就是把全世界都种满了花卉，妈的眼睛就能康复了吗？全村人都在看您的笑话，您知道吗？……"我们姊妹几个轮流做父亲的工作，父亲自始至终只说了一句话："我不管别人怎样看，我只要你妈还能和以前一样微笑着生活。"

阻止不了父亲的"疯狂"行为，我们只好和父亲商量着，我们姊妹几个共同出钱雇人来做这件事，父亲在一旁监工就行。

父亲倔强地冲我们摆了摆手。

接下来，父亲开始精选种子，培育幼苗。除了向阳花，农村人几乎没有栽种过其他的花卉。种绣线菊、野蔷薇、马莲花、蒲公英，这些对父亲来说几乎是零基础的工作，要比他拿粉笔站上讲台艰难得多。不懂得种植花卉的方法，父亲不得不一次次去县里、市里，甚至还去了一趟省里请教专业的花卉师傅。从一颗种子开始，到土壤的质量，不停地请教什么样的种子成活率高，幼苗培植时土壤的厚度，水的多少等事宜，逐一问到并详细地记在本子上。

怕母亲孤单寂寞，天气好时，父亲总要把母亲带在身边，就像母亲能看见一样。他把每一步计划、每一步行动都告诉母亲，甚至于在花田的哪一个地方可以铺上散步的小路，哪一个地方可以安上能让母亲安心前行的各种设施和休息的座椅，他都要认真听取母亲的意见，让母亲"过目"后，才放心地动手施工。

栽种时，父亲也会牵着母亲的手，让她蹲下来一起摸摸泥土、幼苗，感受湿润的气息，感受幼苗发芽的力量，又长高了多少，又增种了几株。

我们回去看母亲时，母亲已经不再封闭自己，每天早晨会和父亲牵手徜徉在花海中散步，享受花香和新鲜的空气。"我能看得到的！"母亲笑着对我们说，并指着身边一株开得正旺的点地梅，骄傲地说："这株就是我选的种子，我种植的。"

说这话时，母亲就像又重新看到了这个真实的世界。

父亲的辛苦没有白费，各色的花卉终于开始绽放了，从寥寥数株，逐渐扩散为一簇簇、一块块以至一片片。远远望去，开得正旺的花朵，如霏雪般，婉转而下。五颜六色的花海与彩色的蝶儿们一起，窈窕起舞，如痴如醉。沁人的花香美丽了一向寂静的村庄，也明亮了母亲黑暗的世界和她开心的笑脸。

从一颗种子开始，到一株嫩弱的幼苗，到一朵粉色的小花，慢慢地变成门前一片灿烂盛大的花海，父亲整整用了五年。五年光阴荏苒，日月无边。五年的岁月改变了一个人的容颜，也可以磨砺掉一个人的誓言。然而，当我见到那灿烂艳丽的花海，我终于懂得了父亲：无论在一起多久，无论你变成什么样子，我仍然爱你，只如初见。

也许，这才是爱情最好的模样。

121

被时光之泵抽走的东西

作者：海豹公子

阿太在她逝去前的一段时间里，根本不记得我是谁。在她最后的时光里，我偏偏不在她身边。她问遍了所有人的近况，唯独忘了我。

即使我是她从小带到大的孩子，即使我占据了她多年的岁月和记忆，然而，在流逝的时间面前，一切都无法抵挡。那些过去的记忆变得无力，只能被名为"遗忘"的时光之泵抽走。最后，连生命也被抽走了，肉体永远消散在宇宙间。

阿太逝去后的很长时间里，我在自己心中为她留存了一个特殊的地方，就像餐馆角落里，一张古典小桌上竖起"预订"的标牌一样。有时，希望记忆会被时间磨损殆尽。然而，有些情绪在不断想起的过程里不停被复习着，反而愈加清晰。我怀有的缺憾，那种"子欲养而亲不待"的遗恨，无论如何都依然如故。

死亡，或它的隐喻，会挑起人们心底最深的恐惧，会让人们开始去审视自己与重要之人的相处方式，会让人们学着去珍惜现在拥有的一切。这是因为，人们永远不知道什么时候死亡会突然降临，身边的某个人或者自己会突然消失。他们说的每一句话，做的每一个举动，都有可能是最后一次，每一张脸都会在脑海中渐渐变得模糊，继而彻底消失。在凡夫俗子中间，一切人与事都有覆水难收的意味。

阿太的脸已经在我脑海里渐渐模糊，像是叠加了超倍的磨皮滤镜。心里那块特殊的地方，那张角落里的小桌子，因为其他记忆的占据，而被挤到了更角落的地方，它所占据的空间越来越小。恐怕到某一天，这块空间也会消失不见吧。

随着时间流逝，我们一定会渐渐地忘却一些东西，一些很重要的、本来我们以为不会忘却的东西。但是，忘却的过程很缓慢、很隐晦，你根本感觉不到你在遗忘。可能突然在某一天，想到一样事情的时候，好像发现一些记忆变得模糊，或者感到突然有什么不见了的恐慌，却怎么也想不起来是什么。

因为时间这把筛子过滤掉重要的东西而在以后悔恨，是太可惜的事了。谁都不知道未来会发生什么，谁也不知相遇过的每个人会在哪个拐点分离。

所以啊，趁着还在世间，趁着那些人还在，去努力好好相处，去努力珍惜和他们在一起的时光。不负当下，珍惜时间，才是减轻遗憾的最好方式。

123

嫂娘

作者：周元帅

四十年前的阳历年那天，天很暖和，大哥结婚了。那时候我五岁，流着鼻涕，拽着大嫂的衣襟要糖吃。

大嫂个子高挑，干活麻利，父亲夸她是把庄稼地里的干活好手。她白天下地干活，回家纺线织布，晚上就陪母亲在煤油灯下缝鞋帮纳鞋底。赶上下雨阴天，生产队里没有农活，就跟母亲一起搓麻线。只见大嫂娴熟地从挂在门环上的那把红麻里先抽出两根，放在腿梁子外侧，左手捏着根部一捻，右手同时向下搓，左手顺势往后一将，两根红麻上劲后变成一股。纳鞋底的麻线就是这样一点一点搓出来的。

那个年代的乡下，除了过年的时候有件新衣服穿，平日里多是老大穿不上了给老二，老二不穿时给老三，一件衣服缝缝补补穿好几年。我们兄弟五个，光缝补衣裤鞋袜就耗尽了母亲和大嫂去生产队干活以外的所有光阴。

生活条件不好，常年累月洗不了几次澡，换洗衣服也是少得可怜，虱子成了很多小伙伴身上的"宠物"。夏天还好，经常去小河里洗澡而不受"噬血之苦"。其他三季，冬天尤甚。当疯玩一上午回家后，感觉身上的虱子变得骚动起来，双手便不停地抓头皮挠脊梁。大嫂就拿来洗脸盆和篦子，让我坐在小板凳上，给我往下梳虱子。梳完后，怕有"漏网之鱼"，把我揽在怀里，扒拉着头发找，发现一个"就地解决"一个。

大嫂娘家与我家一河之隔，附近没有桥，村里唯一的渡船会经常没锚好被潮水回流时带到下游，老家就有了"瞒（隔）河一里不算近"的说法。那时候的冬天冷，庄稼地里农活也少，大嫂会瞅个邻村赶集的日子带我回娘家。跟着浩浩荡荡赶集的人群小心翼翼地走过结冰的河面，爬上小河北坝，就能听到集市上人们的喧嚣声。看我走累了，就地一蹲，让我趴在她背上，两只胳膊搂着她脖子，她两只大手托着我屁股。刚进村口，就会有人喊着大嫂的乳名，说："又带着你小叔子来啦……"

来年冬天，大侄子出生了，在老屋的东厢房里。家里物质依然很匮乏，母亲拿出金贵的一点白面，擀成小豆萁。等煮熟后，再从房梁上挂着的竹篮子里拿两根油条出来。撕成小段的油条泡在盛满豆萁的白瓷碗里，这是大嫂的月子饭。我总是跟在母亲屁股后面，嘴上说去看娃娃，眼睛却直溜溜盯着那碗月子饭不肯走。大嫂每次都会在碗里剩下一些，跟娘说她吃饱了。然后，我就会美美地吃掉大嫂的"剩饭"。

时光荏苒，侄子侄女们长大了，我也长大了。青春期的我叛逆不羁，把父母劝导当作耳边风，空留生气和叹息给老实本分的他们，依然我行我素着。终于有一天出事了，父母束手无策。大嫂骑自行车来回八九十里路，跑去找到娘家世交朋友的孩子，求人家帮忙。那是冬天啊，滴水成冰，风像无形的小刀一般肆虐着。大嫂竟然没有感觉到冷，也没有觉得累。整个冬天，大嫂不知道跑了多少个八九十里路，直到我安然无恙。那年，我十九岁。在摔过跟头后，才明白一些事情，才慢慢长大。

岁月如梭，侄子侄女相继结婚生子，我们兄弟几个也搬离乡下住到了城里。只有大哥大嫂还在老家，那是为了照顾年迈的双亲。虽然侄子侄女早就想让哥嫂进城去住，哥嫂总是告诉他们："养儿防老，你们几个叔叔都不在家，我们再搬出去，那像什么？"

父母相隔一年半，先后离我们而去。料理完母亲的后事，大嫂含着泪告诉我们兄弟几个说："如今，咱爷娘都走了，以后你们回来，我都会在家。"每次休假，总会抽空回家。每次往回走的时候，大嫂除了给孩子拿上一些零食，还给我拎上一兜她自己蒸的馒头。

像以前母亲那样，她站在胡同口看着我上车。直到走出很远，还能从后视镜里看到她站在那里……

玉兰静寂

作者：福7

    我们又一次来到这里，这个盛满旧时光的老院，来寻找曾经留下的痕迹。一树玉兰花开静寂，满地瓣如雪铺，朵朵玉兰在飘落间沾染了尘世味道，薄霾滤过的浅浅夕阳若有若无拂过一切。曾经，初绽的玉兰似稚子，天真懵懂，悠悠间开成雅致少女。春风似少年，款款而来翩翩而远。

    还记得那次，你在这里，为我拍下许多与玉兰树的合影。我心疼脚下花瓣，不肯轻易挪动位置。你高大的身影就在不远处，在阳光中跑来晃去，寻找各种角度。你说，自己不是很会拍照，可只要多拍、使劲拍，总有一张能使我满意。我仍然记得抬起头时，看到满树原本洁白的花朵，在金黄的光线里散着暖洋洋的气息。

    我们后来又去滨河湾看真正金色的玉兰，舒雅明媚。虽还略显稚嫩，却也让我们赞叹不已。现在想来，那时终究还是太年轻了，完全没见过玉兰和这个世界的多姿多彩，也不知岁月将带来何种磨砺。

    你看，如今眼前这满地苍倦的花瓣似散落的心事，淡然无言，更像后来我们渐渐稀疏的话语。

    时光还是有着凌厉的刀锋，也曾缓缓对我们举起。

时至今日，没有谁对不起谁。我们对不起的，是玉兰树下彼此瞳孔里自己的真意。说好今生不渝，说好牵了手就要永远走下去，说好再远的距离也不能阻隔心心相通的情意。

想念本无形，却能让陷入相思境地的人看到千万条思绪撕扯不休地从自己心里蔓延，朝着那个梦中也无法忘记的地方，隔空而去。异地的我们，抛却一切来到对方的城市，自认是对爱最好的成全。

可是，"至近至远东西，至深至浅清溪。至高至明日月，至亲至疏夫妻"。是这样么？真是至亲至疏夫妻呢。

生活失了洗手作羹汤的吸引力，家庭失了你一言我一语的逗趣，当所有心事都暗藏在不能对接的眼神里，当郁郁寡欢遇到比之更甚的沉寂，我们都知道，在某些摸不着、看不见的事情上，出了问题。

别离，不算长也不算短的别离。我们试着放手，想给窒息中注入一丝清甜的空气。这毕竟是一步危棋，有多少人走着走着就散了，走着走着就不见了。人生看似隆重异常，有时，不过是转弯处的轻轻放手，就完全是另一幕剧情在上演。

"明月多情来枕畔。九畹滋兰，难忘芳菲愿。消息故园春意晚，花期日日心头算。"我们还是没能忘记漫天芳华中彼此的身影，也渐渐醒悟，爱不是铠甲，而是软肋。爱是彼此扶持中的成长，是你进我退中的温暖，爱是"有人陪你立黄昏，有人问你粥可温"里最平常的陪伴。

我们也没忘记这座老院，寒来暑往，季季轮回，玉兰不归尘便归土。进得院中，瞬间放下的何止是往事经年，更有禅心升起，自在随缘。

玉兰的风姿将随夏荫茂、随秋丰硕、随冬安详，永传下季。它最美的姿态已绽放在天地间，我们最纯净、最美好的花事也都留在此院，跟着玉兰树一起，季季长大，年年开花，散发自己独有的幽香。

很庆幸，此时身旁陪我看玉兰的那个人，还是你。

遥寄外祖母

作者：闵晓萍

松涛阵阵鸣悲音，野草野花蔓丘坟。游子遥祭思亲意，音容依旧似往昔。

2006年3月21日，外婆永远地离开了思她念她的儿孙，走完了她清贫而乐观的一生。那个仲春飘雪的日子，我永远铭刻在心。

接到外婆病危的消息，我一刻也不敢耽误，匆匆坐火车赶往乡下的老家。远远地，看见老屋门前聚集了不少人。我双腿发软，一种不祥的感觉笼罩着我。越想走快点，越是迈不动双脚。刚走到门前，村子里几个妇女快步上前，一把拉住我的胳膊，说："先歇歇，你外婆已经走了，走得很安详……"我挣开她们的手，冲进外婆的房间，床上已空无一物……

外婆停放在堂屋，仰面躺在一块木板上，身上盖着窄窄的红色的缎面薄被，脸上用黄表纸遮挡着。我奔过去，用颤抖的手揭开她脸上的纸。只见外婆双目紧闭，嘴唇微微露了一点缝隙，脸色更加黑瘦了……我端详着陪伴了我三十多年的老人，泪水像断了线的珠子啪嗒啪嗒地往下掉。我拉住外婆的手，她的手是那么的冰冷、那么的僵硬。我用自己的双手去温暖她，可她的手还是那么凉那么硬。我语无伦次地呼唤着我的外婆，希望她再看我最后一眼……所有的努力都是徒劳的，外婆再也不会醒来了……

那天晚上，风呼啸着刮了一夜，雪时断时续地飘着。家里唢呐齐鸣，可我似乎什么也没听见，我就那样安静地陪着外婆坐了整整一夜……记得小时候，我晚上不想睡觉，外婆就陪着我说话。冬天，让我把脚伸进她的怀里，给我暖着脚；夏天，我躺在凉席上，外婆给我摇着扇子。外婆啊，你冬天担心我冻着，夏天担心我热着，我在外你担心我吃不饱穿不暖，担心我受人欺负……现在，你紧闭双目，你再睁开双眼看看我啊。你的手太冰了，我怎么就不能把你的手暖热呢？那双给我洗衣做饭的手，那双帮我提书包的手，那双在我工作后每次回家都接过我行李的手，那双粗糙而温暖地抚摸我脸颊、理顺我长发的手……今夜，最后一次拉着你冰冷僵硬的手，明天阴阳两隔，想握住你的手再也不可能了……

好些年了，我不敢去想那天的情形，不敢去回忆那冰冷的感觉，可我又无时不在回忆着。外婆，自从你走后，外孙女好多的话无处诉说。虽然你不识字，可你是这个世上最疼我、最懂我的人。鸡毛蒜皮的事情我对你说，工作的烦恼对你讲，婚姻的酸甜也与你分享，我的幸福、我的快乐、我的痛苦、我的忧伤，你都统统接纳。有时你帮我想想办法、出出主意，有时想不出办法，你就陪着我一起难过、一起忧伤……在我的生命里，有你相伴几十年，是我的大幸。也许，没有你就没有我的今天。可你走了，没有给我留下只言片语，你就去了那边的世界。我不知道没有了亲人的陪伴，你是否孤独？把我留在这个世上，还有谁能如你一般包容我、体谅我、想我所想呢？

外婆，你在那边还好吗？外孙女真的好想你！

遥望故里有墓丘，无从祭扫泪横流。子欲孝时亲不在，屏思难语锁哽喉。

第六章——

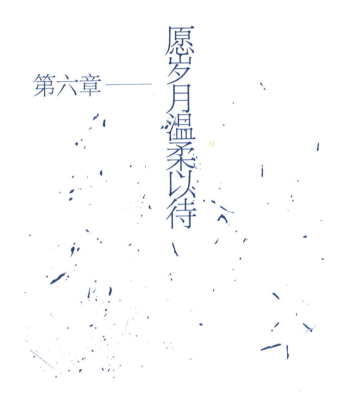

愿岁月温柔以待

母亲就像一条河，默默承载着我青少年时期许许多多的期待、快乐和收获。然而，等它干涸了，我却无能为力，只留下无穷的思念和愧疚。

粽情永远

作者：朱倩华

未到端午节，朋友圈已经开始晒粽子了，四角的，三角的，小角的，火腿肉的，蛋黄的，红枣馅儿的……各式各样，口味齐全，看得眼花。我还是最喜欢吃妈妈包的三角白粽，粽子个儿大，紧实，吃着韧韧的，糯米与粽叶清香味完美融合，一口一个香啊。

小时候，一到端午节，街头巷尾到处充满着粽子的香味，家家在门口生个煤炉煮着粽子。妈妈也给我们准备好了"考粽"，因为每年期末考试也差不多这个时候，老家留传一句话："考粽"吃了准能考中了。考试的前一天，妈妈肯定包粽子。

包粽子，烦着呢，脑力体力并用。要经过洗、泡、剪粽叶梗、剪棉线几大准备工作。妈妈把准备好的粽叶整齐地平铺在有凉水的盆里，然后开始挑选两片粽叶。

用水让两片剪好的粽叶粘在一起，两片叶尖向外，双手捏住粽叶剪好的一端，折成漏斗形，再调整使漏斗变成圆锥形。再用汤匙往粽叶里填满糯米并压实，然后把粽叶多余的地方朝自己的方向折下来，不能留有空隙。再顺着它的三角边儿，把所有的粽叶都折好。这时，一个三角形的粽子也就包好了。

在包三角粽的过程中，手一定要把粽叶压紧，一点也不能放松。不然，根本做不出好看的三角形。最后，妈妈再取出准备好的一根棉线，咬住线的一头，用棉线环绕粽子两角数圈，将粽子紧紧裹住，在顶端扎紧打结。

做完这一系列的动作，手的力气给练出来了。粽子紧实得像一个个小手榴弹，硬邦邦的。粽子放锅加清水上煤炉煮了，煮的过程中要加水，糯米是吃水的。

妈妈一边看锅加水，一边用彩线开始给我们编手绳和网兜，动作麻利娴熟得很呢。

约一个小时的样子，小手工做完了。筷子也能戳进米里了，粽子就熟了。煮好的粽子真的是满屋子香啊，我跟妹妹早早地端着洒着白糖的空碗，在那眼巴巴地等着。妈妈发令可以吃了，我就和妹妹争抢着跑过去。

剥开叶子，白白胖胖的粽子，沾上白糖，那叫一个美味啊。妈妈就在一边看着我们狼吞虎咽笑着："吃了这粽子啊，你们俩保证能考好的。"

第二天，我们脖子上挂着的彩色的网袋里装着的是绿皮咸鸭蛋，手里拎着用线绑在一起的粽子。

"你们肯定能中举。"然后，就听到妈妈哈哈哈地大笑，我们也乐得傻乎乎地笑。

可爱纯真的时光一去不复返，但浓浓粽子情，粽粽母子结，永远是心底最简单、最温暖的幸福。

日暮荒愁

作者：凉月满天

阳光很好，很暖。行人匆匆。从半空中飘落一片巴掌大的绿树叶子，就像微波炉热好了饭菜，响起"叮"的那么一声，告诉人们的神经：秋天到了。

全天下的秋天，都在这片叶子的宣告声中降临。眼前的世界，似乎就变得有点不那么寻常。

这个时候莫落雨，落雨就是愁。当然，不落雨也是愁。

荒荒的愁色中，该给我爹烧寒衣纸了。不过是几天时间，几乎是速冻，瞬间就冷下来。雨淅淅沥沥下起来，树头的叶子啪啦啦地往水泥路面上拍。惨绿泛黄的色调，像喑哑发不出音来的调门儿。车带起的风激得落叶纷纷翻飞，像热油锅里的黄鱼蹦蹦跳。

一种凄凉的活跃。

见了这么多年的风霜雨雪，四季变幻，想着早都见怪不怪了，结果不行，见到落叶还是觉得秋声四面连城起。偶过一处水塘，芦花已白，层层叠叠绕寒水，惊心动魄地荒凉。

看见他的坟，心里可亲可亲。满地短麦，还没来得及黄。先给他倒了一瓶酒，点了四支烟。然后，烧纸。无风，纸焰腾腾地就烧起来了。纸灰满天飞舞，洒了我满头满身。我抬头，像看见他在对我笑。

我给他把点心掰开，投到坟上。他爱吃甜，他爱喝酒、喜抽烟。

如有来世，我想再和他结缘，他做我儿子也行，做我爱人也行，不要再当我爹了，当我爹太累。还是换个方式，让他由我来宠。可是，这样的话不想说，说了即是约定。我不想再来了，也不想让他再来，好好地在天堂玩吧，不要再下凡。

一边嘴里叨念着家常的话儿，一边给他烧纸钱、烧衣裳。嘴上笑笑的，心里宁静平安。可是，跪下磕头的时候，泪一下子就出来了，我又呜呜地哭出声。

我爱你啊。爹。泪光朦胧里，他坟前的香烟，以肉眼可见的速度，缓慢然而坚定地往下燃。是你在抽吗？

烧完纸回去，一个婶婶问怎么这么久，是不是在坟前好好哭了一通。我有点羞涩难言。奔五十啦，两鬓白啦。可是，在我爹坟前的时候，我还是个娃。

我看着我娘一点点老起来，原来蹦着骂人的精神气没有了。她给包的饺子，我吃着心里有疑影：她眼睛看不清，包出来的饺子，面皮上有可疑的黑。

现在，她走路是拄着拐的，而且还跟我要那种老人助力车，就是可以蹒跚着推着走的那种。她说，她其实不喜欢，因为一用就老了。可是，她如今主动跟我要了。她服了软，也服了老。

我把她从老家接了出来，好跟我过冬。我的新家里，晒满玉米的场院里落满了鸟。两只小麻雀在北边，一大群灰喜鹊在南边。我一过去，一只喜鹊"呀——"地长声一叫，大家全都呼啦啦飞起，蔚为壮观。这让我想起在我爹的坟前见到的几只黑背白肚的喜鹊，圆胖胖的，像鸟中的海豚。

我不在城里住啦，我是乡村出身，最终又回到了乡村。这才是我想过的人生。锦绣繁华什么的，我老了，不想要了。

我的秋天来啦，我娘的冬天来啦，我爹的四季都过去啦。每个人有每个人的不得已，每个季节有每个季节的不如意。世界真是一片，日暮荒愁啊。

寸草心，且行且珍惜

作者：花莉敏

古往今来，赞美母亲的文章数不胜数，有的描述母亲如何为自己付出，有的描述母爱如何之伟大。在我看来，陪母亲一起坐电动玩具车，陪母亲一起慢慢变老，让爱慢慢渗透在生活里，更真实、更暖心。

陪伴是最长情的孝道。

5月13日母亲节当天，一家人在外陪母亲过节。席间，在一位阿姨的指引下，我注意到母亲右小腿有块拳头大小的黑斑。仔细一问，才知这块斑有近一年时间了，而我竟丝毫未察觉。

小腿莫名其妙出现黑斑，怎么想来也不是一件好事。更令人不安的是，这块黑斑居然不痛也不痒。

对照症状，在网上查了半天，有人分析是肾脏不好所致，也有人分析是血液方面的问题，问题似乎很严重。

那晚，我失眠。

5月14日晚上，我也同样失眠。

和内科专家约好了5月15日去就诊。巧的是，当天正好是母亲生日。

下午下班后，我们一家人简单吃了口蛋糕和面条，就直奔医院。

路上，我忐忑不安。万一检查出来有疾病的话，老人家岂不要难过半天，我为什么要送母亲这样一个生日礼物？又担忧，如果母亲患病，该如何向远在老家的姐姐交待？家里的孩子谁来带？我试图猜测即将发生的一切，但内心却惧怕面对。

小的时候，偶有抱怨会认为我的母亲，凶悍，没文化，除了会种地，似乎没什么可炫耀的地方。幼小的我更期望她能像别的母亲一样，抽空陪我去公园，带我去坐船，送我去学校，回到家能轻声细语地与我说话。

1998 年，我读初一。那时，便开始了寄宿生活，直到大学毕业，再到后来独自在他乡工作生活。仔细一算，从每年的寒暑假到后来的节假日，十几年来和母亲待在一起的天数呈直线下滑趋势，交流也随之减少，心的距离似乎因此拉开。我也从不会像别的女同事一样，和母亲撒娇，更不会偶尔犯浑，和她耍小性子。

2013 年春天，母亲丢下老家的一切，过来照顾我的小家。那之后，我的生活发生了翻天覆地的变化，回家后总能有热饭吃，衣服不用自己洗，加班多晚她也会等着我。

来到医院，挂号，抽血，尿检，彩超，等等，每一项检查我都陪着母亲。我急切地想知道黑斑出现的原因。

最复杂的一项，当属腿部动脉检测。母亲躺在彩超室宽约一米的台子上，旁边是吱吱作响的仪器。那一刻，自己心情紧张到了极点。听着大夫的指挥，我在旁边帮母亲翻身子，扶她抬腿，递纸……这些动作，没想到却帮了倒忙。一旁检测的医生朝我说："你母亲又不是小孩，她自己可以翻动腿部，你就不要插手了……"这样的话实实在在敲醒了我，那一刻，我把母亲当成了孩子，想要去照顾她。

整个检查前前后后用了四个小时，拿到化验单时，内科医生看了一下，说检查各项指标都正常，身体没什么大碍。

既然没什么大碍，为什么会出现黑斑？不死心的我，最终在医生的建议下来到了皮肤科。讯问病因之后，医生解释道："黑斑是由于之前腿部骨折遗留的后遗症，加上年纪大了，腿部有些许的静脉曲张。是件小事，子女不必过于紧张。"

医生短短几句话，使我的心情瞬间阴转晴，冲他连连道谢。

母亲一切安好，我悬着的石头终于落了地。愉悦的心情不知如何描述，只记得那天晚上，我睡得很好。

回想这段虚惊一场的经历，感慨万千。已失去父爱，再加外出读书、异乡工作这么多年，潜意识里，我更在乎母亲的陪伴。现在，母亲同我一起生活，那种来自母性的温暖，又让我像婴儿一样，不断地想从她身上汲取乳汁，收获关心。

深深依赖的背后，与之相对应的是担心、惶恐。生命规律所定，终有一天，我要与她永别。但一块黑斑却让我醒悟，不管将来如何，我都要从现在起，带着感恩，带着母亲那颗悠悠寸草心，且行且珍惜。

守护记忆

作者：知非

"您的妈妈，已被确诊为阿尔茨海默症患者。"从听到医生对我说出这句话之后，我就明白，我和妈妈之间，已经开始了倒计时。

爸爸去世之后，我把妈妈接来一起住。从上个月开始，妈妈做的饭不是太淡就是太咸。有时候，明明说出去买菜，却空着手回来，这样好几次。我以为是妈妈年纪大了，记性变差了。但有一次，我听到她在叫她最疼爱的小孙子时，连他的名字都叫错了。我终于意识到了事情的不对劲。

确定妈妈患了阿尔茨海默症后，我明白妈妈的记忆开始渐渐消失。我辞职在家照顾她，而且，像还在上小学四年级的儿子一样开始记日记，想要把正在倒计时的指针转速调慢一点，再慢一点。

6月25日，晴。今天下午，带妈妈下楼出去转，看到小贩推着推车卖老冰棍儿。我和妈妈路过他身旁，我正犹豫要不要给妈妈买一根解解暑，妈妈却一巴掌重重拍在我背上："都感冒了还吃冰棍儿，你要是还哭闹，回家就别吃饭了！到时候，嗓子哑得都说不出话，别来跟我哭着说难受！"

我三十七岁了，站在七十五岁的妈妈旁边，被她像训小孩似的训，我看旁边的小贩眼睛都笑弯了。我牵起妈妈瘦小的手："妈，我听话，我不吃冰棍儿。"

7月2日，阴天。今天，儿子的考试成绩出来了，语文考得很差，78分。我叫他拿出卷子给我看，细细检查，发现有一道找病句的题他全部都做错了。讲了几遍还是听不懂，我气得几乎跳脚。

妈妈听到动静走过来，看到我伏在桌边，面前还放着一张卷子，拉过一张椅子坐下，轻轻摸摸我的头："囡囡，是不是又不会写了，这个'把'字句改'被'字句很简单的，妈妈教你。"妈妈曾经是小学语文老师，四年级时候的我始终不明白一个句子为什么要有"把"和"被"两种说法，那些汉字拉着手在我的脑子里转圈圈，绕得我眼花缭乱。

妈妈耐心地教我，一遍遍不厌其烦地解释，终于让我明白那些拗口字句的正确用法。坐在儿子的书桌边，看妈妈满头的白发，我的眼泪控制不住地掉下来。

8月11日，多云。妈妈的病越来越严重了。最近，她经常一个人待在房间里发呆，很少和我说话，已经几次叫错了我的名字。看着我哭肿的眼睛，也不再关怀些什么。

有时候，她看着我就像看一个陌生人。妈妈在阳台浇花，我收拾她的房间，拿出她放在衣柜里的水蜜桃，把她的袜子从外套兜里取出来。我在她抽屉里发现一个小铁盒，打开看，里面有一张字条，还有一张爸爸、她、我，我们三人的合照。字条是这样写的："我发现我开始忘记一些人。一些事。我是真的老了，什么也记不住了。

"如果有一天你发现我忘记了你，真的很抱歉，明明一起相伴走过最珍贵的时光，我却不小心弄丢了你……"

9月2日，晴。妈妈坐在阳台上的摇椅里，沐浴在一片温暖和煦的金灿灿里。我走过去，蹲在她身旁，轻轻握住她的手。她睁眼，问我是谁。我朝她笑，告诉她，我是她最疼爱的女儿，囡囡。她微微点点头，又眯上了眼睛。

我埋头在她怀里，珍惜当下，哪怕这一分钟。几个月来，我的日记没有断过，我每一天都在祈祷，希望我和妈妈之间还能留有的记忆和时光能再多一些。小时候，妈妈陪在我身边，守护我和她的记忆。现在换我，换我来守护我和她的记忆。

我终于明白，妈妈患上阿尔茨海默症，对我们来说，不是倒计时，是再延续。

车站

作者：思绪

那一天，母亲在车站伫立了很久。这是父亲几天之后才告诉我的。

收到大学录取通知书的时候，母亲就知道会有这一天。从来没有离开过家，没有离开她身旁的我，终有一天要一个人去远行。即便当时的我已经二十岁了，可母亲的心终究放不下孩子，一颗心始终悬着。

出发去车站前，我在房间里收东西。说真的，第一次出远门，我确实不知道该准备些什么，只是将衣柜里的衣服都搬到床上，一件一件折好放进行李箱。母亲则在厨房和卧室两边跑，一边在厨房炖着鸡汤，一边在衣柜里仔细搜索所有关于我的衣物，生怕我会少带任何一件东西，哪怕是一只袜子。

"现在还是夏天，冬天的衣服就不带了吧。"我觉着行李箱不大，厚重的衣服很是占空间，便将冬天的衣物放置一旁。

可母亲不认同："带着吧，说不定那边的天气比较冷，到时候没厚衣服怎么行。"

"妈，我查过了，还有三个月才入冬呢。"

母亲装作没听见，转手已经将一件厚衣服塞进去，行李箱很快就被塞得满满当当。可母亲依然不放弃，每找到一个缝隙，就用劲塞进一样东西。除了衣物，还有零食、水果、早上蒸的水煮蛋，以及感冒药、胃药……五花八门。最让我感到疑惑的是，母亲用小瓶装了一些水也放进了行李箱。我说："妈，我已经买好水了。"桌上，两瓶矿泉水立在那，我相信母亲早已看见。

"这水不一样，这是我们这水井打上来的地下水。你第一次出远门，就怕到了那儿水土不服。你到了之后，将这个和那边的水混合，然后喝下去就不会了。"这样的说法，我闻所未闻。但母亲从邻居那儿听来之后，便深信不疑。我犟不过，便只好带着。我知道母亲最怕我生病，之前的胃病就一直没根治好，所以她时刻叮咛我一定不要忘记吃药。

我这个人特别怕麻烦，所以第一次出远门所带的行李也不多。一个行李箱一个背包我足够应付，父亲和母亲却偏要来车站送我。大概是我之前从未有过这样的经历，看着别人投射过来的目光，我竟觉得有些不好意思。火车还没来，检票的时间也还未到。我和父亲母亲坐在候车室里，看着周边同样是来送自家孩子的家庭，一时间好似什么也说不出口。是啊，该说的话母亲早已叮嘱过几遍，就连刚才吃午饭的间隙，母亲也基本上没扒几口饭，剩余的时间，像一个复读机不断重复着那些爱的叮咛。

"妈，我记着了。"我并不觉得母亲唠叨，甚至希望这辈子，她就这么一直唠叨下去。因为我知道，母亲的唠叨，每一个字都用爱凝结而成。

火车缓缓启动，汽笛声盖过了迎来送往的呐喊声、哭泣声。我庆幸自己坐在一个靠窗的位置，远远地能看到母亲踮着脚趴在窗子上向我挥手，不说再见，只望我早些回来。几天后，我找机会打电话回家。跟母亲讲话的时候，她笑呵呵的。可父亲告诉我："那天，你妈在车站待了很久，直到人都散去，才带着一身的泪痕回家。"

泪水不禁滑落。母亲，谢谢您。您的爱，我将用一辈子珍惜，回报！

深深太平洋

愿岁月温柔以待

作者：采薇

"祝你生日快乐，祝你生日快乐……"

我一边唱着生日歌，一边热泪盈眶：亲爱的宝贝，你已经一岁了！

宝贝，转眼之间，你已经来到这个世界 365 天了。翻看从出世到现在的照片，仿佛是坐着时光机，重温你从襁褓婴儿长成小小树苗的日日夜夜。

成为准妈妈的时候，我就知道你肯定是上天派来的天使。

从怀你到生你，我都是神采奕奕，没有觉得半分辛苦。你是个贴心的小棉袄，生你的时候虽然很痛，但是妈妈回想起来满是骄傲与自豪。你没有让我太煎熬，也没有因为妈妈缺乏经验而哭闹不止。

你营养吸收好，出来时就七斤多。胖乎乎的手臂，简直就是一节节白莲藕。除了吃母乳，其他时间都用来睡觉，乖巧得有点不像话。

半岁之后，你开始有些小调皮。因为我开始上班，精神状态不好，对你的关注度也有所降低，你也开始有了小情绪。我一面怀着愧疚，一面减少出差的次数，加倍珍惜陪伴你的每一分钟。

九个月之后，隔离了母乳，你变得更加情绪化了，会大声哭闹，夜晚开始频繁醒来。睡不着的时候，我会单曲循环弦子的《我是一个妈妈》，默默翻开一本书看。

十个月的时候，你学着走路，不停地跌倒，不停地学步，那一股不服输的劲儿让我动容。终于，你在周岁到来前就学会了走路。

相对于同龄人，你走路很早了，妈妈希望你做事不要过于急躁，可以多一些耐心，比如吃饭，比如走路，慢一点，稳一点。

你也特别懂事，虽然只会"咿咿呀呀"发出声音，但是完全能够听懂爸爸妈妈对你说的话，甚至能够对外界事物有自己的认知。

你对外面的世界充满好奇，无论是泥土还是石头，你都想放进嘴里尝尝；不管是壁虎还是蜘蛛，你都想摸上一把；你依然依恋妈妈，无论是外出还是在家，你都紧紧地拽着我的手。

最怕你生病。春节后，你发烧一场，日渐消瘦。看着你难受的样子，我的心简直揉成一团，整天抱着你，完全感觉不到手臂肩膀疼痛，只盼着你快快恢复生龙活虎的样子。

你让妈妈有了牵挂，有了得失心。妈妈甚至丢弃了从前的远行梦，只想陪在你身边。

妈妈希望你能够在充满爱与被爱的环境中成长。最爱带你去公园、去爬山、去跑步，妈妈希望你热爱自然，热爱花草树木，热爱美好生活。

当然，妈妈也希望你自己去探索与发现，能够自己去认识这个世界的美好与丑陋。

大文豪胡适曾对他的儿子说：

譬如树上开花，花落偶然结果，
那果便是你，那树便是我。

树本无心结子，我也无恩于你。

但是你既来了，我不能不养你教你，

那是我对人道的义务，并不是待你的恩谊。

将来你长大时，莫忘了我怎样教训你：

我要你做一个堂堂的人，不要你做我的孝顺儿子。

你是人间的四月天，照亮了妈妈的生活。

抚养你长大成人是我的义务，但是我不要你感恩戴德，不要你唯父母之命是从。

你是一个独立的存在，你有权利选择自己喜欢的事情，同时也要为自己的选择买单。

你不一定要成为一个英雄，一个"登上人生巅峰"的所谓"成功人士"。我只希望你能够做一个堂堂正正的人，一个顶天立地的男子汉。

当然，男生也要刚柔相济，有硬朗的一面，也有温暖的内心。可以像妈妈一样，喜欢诗歌、散文、音乐，做一个内外兼修的"暖男"。

当然，妈妈也要改进对你的方式，不能老是一副恶狠狠的样子吼你、骂你，那样无济于事，徒增烦恼。我打算好好看《正面管教》这本书，重新思考一下自己的教育方式。

刘瑜在《愿你慢慢长大》中写过她的女儿小布谷，我也以此来作为结尾吧。

小宝贝，愿你慢慢长大。

愿你有好运气，如果没有，愿你在不幸中学会慈悲。

愿你被很多人爱，如果没有，愿你在寂寞中学会宽容。

愿你一生一世每天都可以睡到自然醒。

梦中的小河

作者：杨春富

岁月荏苒，母亲已经去世九年了。想起母亲，总是想起村西头的那一条小河。它总在我魂牵梦绕的午夜时分，承载着记忆的浪花，缓缓地淌过我的心田。母亲模糊的身影走向那条河，眼里似乎在寻找什么。

那是我读中学的一个暑假早晨。我吃罢早饭，跟母亲说："阿娘，我要去收虾笼了。"原来，昨天傍晚我洗澡的时候，把捕虾的虾笼投进了村西头的那条小河中。经过一个晚上的沉淀，虾笼里应该有不少收获了。母亲是赞成我捕鱼虾的，因为这样可以给家里带来一点美味。

此时的母亲有点担心："早晨河水那么冷，会被冻着的。要不，中午太阳大一点的时候再去？"但她还是拗不过我，我兴冲冲地奔向那条带给我很多快乐时光的河流。

清晨，凉风习习，东方已有半轮红日。路边的小草沾着晶莹剔透的露水，露水洒在我欢快的脚上，凉飕飕的。

很快到了目的地。这是一条不长的河流，是被人们开采沙石挖掘出来的，每当梅雨季节涨水时，就会和一条名叫衢江的河流连成一体。河水清幽幽的，波光粼粼，底下有水草和泥土，吸引着鱼虾扎堆居住。

我迫不及待地脱掉 T 恤，只剩下一条短裤衩。河岸有点高，我箭一般冲进河里。

水还是有点冷，我不禁打了个寒战。我奋力地寻找我撒网的地方，一下子没有找到，因为当时没有做标记。于是，我挥动双手，做了个深深的长时间的潜水。

当我浮出水面的时候，隐隐约约听到有人喊我的小名。声音从岸上传来，由远及近，响亮、熟悉而亲切。我听出来，是我母亲的声音。

果然，在河岸上露出一张充满笑意的圆脸。她似乎为终于找到这条河而开心，也仿佛为她小儿子会捕小鱼小虾的小本事感到欣慰。

她气喘吁吁，冲我大喊："不要捕了，快上岸，水太冷了，会着凉的。"我答道："没关系，不冷的。你不用担心，中午就等着我把虾带回来。"

母亲见劝阻无效，就说了句："如果没有捕到，就早点回来吧。"她挪动着微胖的身体，颤颤地回去了，似乎比来的时候更加放心。她来找我，没自信把我劝回去，只是来看看我是否安全。看着她远去的背影，我心中涌起一股暖流，河里的水似乎也没有先前那么冷了。

我时常想起听见母亲呼唤、我浮出水面与母亲四目相望的情景，双方都感到意外和惊喜，仿佛是生命的一次偶然相遇。一个原地等待，一个是踏着千山万水而来。看见了，才放心地离开。

生命有轮回。我从千里之遥的外地赶回来想见她最后一面，一遍遍地念叨着："阿娘等等我。"她却没有时间等我的到来、听我的呼唤，永远地离开了我。

这么多年来，也只有母亲是最爱我的。每每想到这，我便热泪盈眶。

母亲就像一条河，默默承载着我青少年时期许许多多的期待、快乐和收获。然而，等它干涸了，我却无能为力，只留下无穷的思念和愧疚。

你的点滴成长，我都欣喜

作者：陈愚

2001 年的"五一"节，你这个鲜活的小生命成了我们家庭的新成员。几个小时以后，护士才把你抱到我的身旁。你可感知到我急切期待看到你的心情？

当你第一次来到我的身边，就一个劲地往我身上贴。你不会语言，也无需任何语言，只是亲昵地蹭我，就把我的心揉化了！只是那么一眼，我就确认你是上帝派给我的天使，是生命给予我的馈赠！

陪伴，是我给你的礼物；成长，是你给我的回报。你成长中的每一次变化，都深深地印记在我的心上。

你出生的时候，网络并不普及。我和你爸只有从书本上学习、对照，边看书边争取做合格的父母。有时也与身边的朋友交流，学习育儿心得。

你爸爸特地到新华书店，买了一本育儿专家写的书。书上说，新生儿出生第七天就可以练习抬头和爬行的动作，因为这样对开发大脑、练习四肢协调有益。外公外婆都心疼，说才几天的娃，哪能这般折腾？你爸说，这都是专家的育儿经验，是经过实践总结出来的。他硬是让你趴到床上，你感觉到脸贴在床上不舒服时，就本能地梗起脖子，抬起头。我们用手挡住你的小脚。你憋得难受，抬起涨红了的小脸蛋，一生气，伴着委屈的哭，脚使劲一蹬就向前蹿了一点……练习几天后，你以军人的女儿顽强不屈的性格给了我们很大的惊喜。虽然我看着心疼，但是看到我的小公主第一次抬起你"高傲"的头，我在心里还是给了你一个大大的拇指。你爸爸见到这一幕，自然是偷着乐了。

刚学会走路的时候，是刚满一周岁，你摇摇晃晃的样子甚是可爱，让我对"蹒跚学步"这个成语有了深刻的理解。从那时起，我们全家就把开水瓶、刀具等可能造成危险的物品高搁或隐藏起来。有一次，你发现床头柜上有一本厚厚的《现代汉语词典》，双手捧到我的面前。我惊讶极了，这本厚厚的词典对成人来说，一只手拿也能感觉到它的沉甸甸的重量，何况你是那么小！你第一次拿起超乎想象的重物，让我不得不服了你这个"大力士"！

你第一次开口"说话"，叫的是"爸爸"。那时，你才七个月，让我好生嫉妒。因为二十四小时陪伴在你身边的人是我，而你爸爸作为军人，远在部队，探亲假才能回来，把培育你的事儿全都交给了我。但听到你"爸爸、爸爸"地叫，我仍然很欣喜。可惜，你叫了一阵就不怎么肯叫了。后来，在书中找到了答案：你那是在记忆语言，是无意识地"说话"呢。那时，我便毫无"醋意"了，倒更希望你多开口叫"爸爸"了。

你真正会说话，是在两周岁的时候。在此之前，你也能说一些短小的、简单的词和句。有一次，我带你到部队去探亲。看到那么多解放军叔叔，我让你叫"叔叔"。可是，由于"叔叔"两个字发音太轻吧，你怎么也叫不出来。"舅舅、舅舅"，没想到从你的小嘴里迸发出了这样的音节。叔叔们没有失望，你收获了他们爽朗的笑声。这是你第一次的"应变"故事，我在心里默默地赞扬你聪颖、机智！

当你会咀嚼食物的时候，我便把自认为安全的食物放到你的碗里，让你自己动手朝嘴里送。看到你满嘴长出"胡子"，我都不愿意擦去，因为我很喜欢看你津津有味的吃相。然而，有一次吃鱼时，你吃着吃着竟然停了下来，我纳闷了。你外婆说，一定是嘴里有什么东西。我确定不可能有，因为我给你的食物，都看得很仔细很仔细。半天，你用肉乎乎的小手从嘴边取出一根极小的鱼刺……你第一次"挑刺"，让我感觉到了你的心细如发和自我保护的能力。

随着年龄的增长，你也有了自己的思想。你第一次撒谎，第一次获奖，第一次单独出行……我总是教导你：一个人活着，最大的意义在于奉献，要向上、要向善。

今年"五一"是你十八岁生日。你带着我一起到市血液中心去献血，你还加入了中华骨髓库。你说，这是你十八岁的成人礼。我看你这第一次献血，不只是一个你给自己的成人仪式，更是你心存善念、博爱宽厚的自然表现！你的善良和勇敢让我感觉到自豪！

一路陪伴，一路走来，我看到你成长的每一个脚印，无论深浅，都留下了美好的回忆！接下来，你即将进入高等学府，展翅翱翔，也终会飞出我们的视线。我愿你能够学以致用，把学到的知识，回报社会，保持"成人礼"时的初心——善良、勇敢、奉献，做一个热爱祖国、热爱人民的人，做一个懂得感恩、乐于奉献的人，做一个向上、向善的人！

孩子，期待你与我分享以后道路上的"第一次"。这是因为，你的点滴成长，我都会很欣喜！

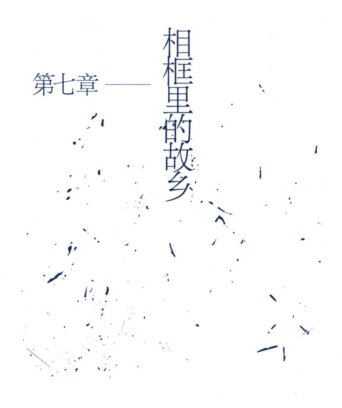

第七章——相框里的故乡

"桂花浮玉，正月满天街，夜凉如洗。"静谧的空气里，秋风溅起的星星火苗浮现在了眼前，我又嗅到了月色里家的味道。

善如雪

作者：凉月满天

有一次，在网上看到一个帖子，一个人远赴甘肃支边，希望有人捐助上学的孩子们书本，下面附有地址。于是我、先生、孩子一块儿出钱，买了一包书和一包作业本寄了过去。到邮局打包邮寄的时候，工作人员感动坏了，居然给我们把邮费少算好几块。孩子盛不住事，把这事儿报告了老师，老师又报告了学校，她被全校大会表扬一次，很得意。

后来，还给一个患癌症的男孩汇过一次钱，二十来岁，大好的生命，大好的年龄，不救太可惜。然后，又在网上看到一张小姑娘的照片，十二岁，只比我的姑娘大一岁，白血病，眼睛那么大，那么亮，那么忧伤，我落了泪，拿稿费以我孩子的名义汇了过去。结果小姑娘来了一封信，开头是："张墨叔叔好"，我姑娘十分不好意思："唉呀，这个小姐姐，把我当大男人了……"

初冬的夜，走在路上，一个老头子，抱肩缩头，瑟瑟发抖。问他，说是无儿无女，被侄子赶了出来，脚边一大捆韭菜，白天没卖出去，晚上就没饭吃。我和先生给他买了两块钱的热包子，可惜没有热水，只能递给他一瓶矿泉水。还有一个女孩子，傻乎乎的，乱发如窠，只会傻笑。单衣薄裳，嘴唇青紫。先生跑回家去，把他一件穿了很多年的呢大衣拿出来，又将一床旧褥子、一瓶水、四个馒头，给她送过来。这种事情叫人很痛苦，一点都没有做了好事的满足，我们吃饱穿暖，有人却挨冷受饿，又没有办法全领回家来。

还有更令人羞愧的事。

我们一家三口散步时，碰到一个老婆子，花白头发，在垃圾堆里乱刨着找东西。我拿出两枚硬币，示意女儿拿过去。没想到老人说什么也不肯要，一定要说自己有钱："乖，你给自己买东西吃，奶奶有钱，不跟人要钱花。"原来穷人也有自尊心，我却一厢情愿地把人家当乞丐。

有时走在路上，会见到拉胡琴唱曲儿的瞎子，要是在对街，就绕过去，放下钱来，然后伫足听一会儿，声调苍凉，唱得身边一群群的人远起来，远起来，好时光振翅欲飞，叫人欲泣。更多的是趴在地上的人，东一个西一个，拖着长长的裤腿，一边乱扭着爬来爬去一边颠动手里的破缸子。说不上来的反感，手里有钱也不愿意给。倒是先生心软，撂下一枚硬币，说："这么冷，肚子不冰得痛吗？"

一只小猫，老是傻乎乎地往马路中间跑，我把它抱到路边，它一会儿又过去了，很缺心眼的样子。车飞快来去，很担心它被轧死。走两步退一步，犹豫又犹豫，只好抱起："跟我回家吧，小东西！"抱回来才发现，那么小的猫，那么肥大的虱。杀虫药喷得它气息奄奄，没办法，只好把它养在地下室，一盆清水，一根香肠。结果有一天它不见了，原来地下室的玻璃被小偷摘走了，它从那里逃了出去。到现在也不知道是生是死，如果活着，都生儿育女了吧。

　　我和先生还救过一棵小树。调皮的小孩子点着枯草，把小树包围在火海里。先生断喝一声："干什么！"吓得他们四散奔逃，我们奔过去把火踩灭。到现在还后悔没救下单位里的一棵树。单位里铺地砖，不知道哪个该死的，把一棵树用地砖围死，这棵树原本枝繁叶茂，后来渐渐憋闷枯萎。当时我若是把地砖扒开一圈就好了，可是因为怕人笑话，居然行若无事地走来走去，真恶劣。

　　善如耳音，说出不真。可是有时不说也不真。你看这么多人寒苦无依，这么多猫狗无处可去，这么多孩子被人操纵着要钱，这么多树木被砍伐殆尽，这么多野生动物渐渐消失，大多数时间我们都无能为力。可是为善如雪，总得要一片片下起来，才能大地山河一片白，慈悲温柔覆盖整个世界。

湾坝子

作者：穆清

不知从哪一辈起，村里故去的人都葬于距村子约一公里远的农田最北端的一个杂草丛生的土沟旁。许是因为当年那里有着一条弯弯的、深深的水沟，人们便给那里取名叫"湾坝子"。

小时候，每当人们提及"湾坝子"，我便会毛骨悚然，觉着那里是鬼的故乡。

长大后，再谈起"湾坝子"，则不那么恐怖了，因为在那里逐渐有了我的亲人。起初是我的爷爷奶奶，后来是我的父亲母亲。每当想念他们时，我就会想起"湾坝子"，是已故亲人使我对那里有了一种亲近。其实，那里故去的人都曾是乡邻，与之生前都是友好的，又有何惧呢？人生不过百年，终有一日，都会殊途同归。届时，还是乡邻。

记得第一次去"湾坝子"，是回故乡给爷爷奶奶扫墓。至今几十年过去了，期间我多次回老家，去"湾坝子"给亲人扫墓，总觉着那片墓地还是那么大，并无明显扩展，只是坟墓的密度大了许多。所有的墓按照生者的意愿不规则地相互交错着，一座紧挨着一座，俨然一座故人的村落。墓地四周，丛生的杂草，无名的野花，葱郁的灌木，它们坚守着自然定律，一岁一枯荣，始终不渝而又深情地为那片墓地守护着阴凉，布洒着芬芳。

通向墓地，虽田畴阡陌，但近得人间烟火可至。在那长眠的人，与生者阴阳相望，鸡犬共闻。随着自己暮景渐深，这几年去"湾坝子"扫墓，我时常会在那里稍许伫立，心羡故者：一个人终了尚能如愿投宿故土，该是一种何等福报啊！想到自己，少小离家，客居几十载，眼下业已铅华洗尽，风烛残年。倘若待到叶落时，能归根故里，即使远远地守望着父母，也算夙愿得偿。

在农村，化烧纸钱仍是祭扫的一种主要传统形式。每逢清明，扫墓人手提各种祭品，接踵而至，"湾坝子"的香火日益旺盛。

又是清明，我们四兄弟一同去给父母扫墓。远远看见父母墓前已有人刚化烧过纸钱。正疑惑时，大哥告诉我，要么是亲戚，要么是邻墓扫墓者所为。据说，长久以来，那里自然形成一扫墓习俗，扫墓者往往会给与自己已故亲人紧邻的墓化烧一些纸钱，以祈祷他们在天共同富足平安，睦邻友好。我近前一看，果然邻墓已祭扫过。

回家后，我为此事久久地感动着：共同富足，和谐友好，原来是可以天地与同。即使已普遍实行火葬的今天人们生死同村，已是万年修得的缘分，生者如此惜缘，亡者定会护天佑地，温望凡尘。

虾酱碗里日子长

作者：王福利

在渤海岸边长大的人们，都知道虾酱。特别是靠海吃海的渔民，几乎家家都会自己制作虾酱。

现在，虾酱的身份和地位与以前大不相同，已经从贫苦人家的灶堂，走进大型饭店的雅间。

记得小时候，说起"卖虾酱"的来，人们总是带着嘲笑的口吻——那些海堡来的妇女，头裹围巾，风尘仆仆，用卑微的笑容换取微薄的利润。那时的虾酱太便宜了，不像现在，虾酱要好几块钱一斤，好的甚至十多块钱、几十块钱一斤。

后来，海边的交通发达了，农村的经济也发展了，海产品不再因销路问题而发愁，海货的价格上去了，卖虾酱也就不再被认为是"卑贱"的行业。有的时候，虾酱还会"卖缺"。随着市场行情变化，价格也会"水涨船高"——沿海经济的发展，也让腥气烘烘的虾酱彻底翻身，成为大受欢迎的渤海湾特产之一。

虾酱再贵，比起对虾、螃蟹来，也算是平民食品。

父亲从年轻时就爱吃个鱼虾什么的，但因为家庭条件的限制，又不能天天大鱼大肉地解馋，所以每当想吃海味的时候，就总会用半碗虾酱打打馋虫。直到现在，我还是不能像父亲那样生吃虾酱，总是嫌那股味太冲，还是习惯于二十多年前母亲的做法——在半碗虾酱里，打上两个鸡蛋，或者再切上点儿葱末，上锅蒸十多分钟。

　　一掀锅，淡红的虾酱与金黄的鸡蛋完全凝合，共同散发着诱人的香气。守在锅台边的我，总是忍不住用筷子先夹起一口混合了虾酱香气的鸡蛋，吃完上面的鸡蛋，再吃下面的虾酱。蒸的虾酱也就是吃第一顿，下顿再吃的时候，因为水分越来越少，虾酱就成了虾末，香味渐淡，腥味渐重。但生活在艰难中的父母，依然吃得津津有味，像是品尝着儿女的健康成长带给他们的快乐。

　　自从外出求学、工作，就再没吃到母亲蒸的虾酱。

　　直到后来长大结婚、贷款买楼，有了自己的家，才再一次品尝到熟悉的味道。

　　在熟悉的味道里，也亲身体味着当年父母过日子的难处。妻子婚前本是个花钱大手大脚的人，结婚之后，面对每月还贷的压力，不仅不再光顾商场的化妆品、服装专柜，就连日常吃饭，也开始算计起来，由原来的"时尚白领"，变成了一个实实在在的"家庭主妇"。

　　在平淡而清苦的婚后还款日子里，虾酱以其独有的浓香，再次走上我家食谱的首席位置，为昔日的贫苦增添了无限的希望。与父母的做法

161

不同，妻子喜欢将虾酱与鸡蛋混合后，再下锅与葱末一起炒熟，爆炒出来的香味，比蒸出来的味儿窜，做法也简单、省时。

两种做法，就像两代人不同的情感表达——年老的母爱，如灰暗锅台边的悠香，弥漫着整个堂屋；年轻的爱情，如省时味儿窜的炒虾酱，表达的爱更直接、更直白。

农村的日子越来越好，现在的父母已经很少再买虾酱来解馋。我与妻子也已走过那段最拮据的日子，但妻子年轻的脸已不再光滑。

有时与朋友下饭店，很多人还是爱点"大饼虾酱葱"这道主食。看着他们吃得意犹未尽的样子，我的心里却止不住涌上一丝辛酸与感慨——虾酱从卑微的走街串巷，走到高档的各大饭店，它的曲折与艰难背后，是吃虾酱的人命运的转变。

生活条件再好，口味再变，当闻到海边熟悉的味道，还是会想起许多年前的难忘经历，还是会想起老家的母亲、身边的妻子。

锅巴嘎嘣脆

作者：季宏林

好锅巴，出自大锅灶，也就是乡间的土灶。

在我的家乡，每家每户烧土灶，有单孔的，也有双孔的。多数人家使用双灶，上面安放着一大一小两口黑黝黝的铁锅。

农家煮饭用的米，一般随着季节变化。平常吃的是籼米，到了秋收，便开始有粳米、糯米。糯米饭很少吃，只有在家中来了客人，或是农忙时加餐，才能吃上几回。糯米锅巴是上品，黏黏的，吃起来香腻。

小时候，每逢腊月，各家都要煮一锅糯米饭，用于炸糯米圆和锅巴。主妇用笊篱从油锅里捞出焦黄的锅巴，沥干油，等凉了后，装进洋铁筒。正月里，家中来了客人，主人便拿出茶盘，抓些油炸锅巴和糖果，招呼着客人喝茶。

离我老家较远的镇子，有一条青石板铺成的老街，两侧有许多茶点铺。每家铺子前放置一口大油锅，旁边站着一位师傅，手持一双特制的长筷子，眼睛紧盯着翻滚的油锅，不时地从锅里夹出锅巴、油条、糍粑之类的点心。顾客进了茶铺，来一盘点心，倒一杯茶水，吧唧吧唧，很享受地吃起来。

乡下人家的锅巴，一般在午饭时才有。优与劣，全凭焐饭锅时的一把火。火弱了，结不起来。火猛了，又会煳掉。只有恰到好处的火候，才会结成厚薄均匀的锅巴。

炕锅巴前，先刮净锅里剩余的米饭，然后用微火烧。等锅里面发出一阵阵哔哔剥剥声，灶沿四周腾起一缕缕青烟时，才将整块锅巴翻过来，接着炕，直到两面焦黄为止。

讲究的人家炕锅巴，还会沿着锅边淋一圈香油，这样炕出来的锅巴不仅色相好，而且又香又酥。炕好的锅巴收在洋铁筒里，不会僵，也不会霉，能吃很长时间。想吃的时候，随手抓几片，用开水泡一碗。也可干吃，嚼在嘴里嘎嘣响。

我上中学时，离家比较远，午餐在食堂吃。饭后，我常打二两锅巴，对折起来吃。有时买点榨菜丝夹里面，慢慢地嚼，觉得特过瘾，只是腮帮子有点发酸。

我父亲到窑厂工作后，我和弟弟也跟过去吃食堂。食堂有一口特大号铁锅，每顿几十人吃饭。食堂的刁师傅不仅爱干净，而且他还有一手炕锅巴的绝活。

刁师傅的锅巴从不轻易示人，只有在食堂断了饭，在我的央求下，他才乐颠颠地，快步走进他的卧室，从洋铁筒里掏出两把锅巴，亲手给我泡上一碗，里面放点盐和猪油，然后端到我面前，戏谑地说道："香掉了鼻子找嘴要。"

过去，锅巴仅供自家人享用，很少用来送人，更别说买卖了。现在超市里卖的锅巴，轻，薄，脆，多用于餐馆，适宜泡汤吃。餐桌上常有一道菜，叫作"锅巴盖牛肉"，彩虹似的拱顶上，淋一层牛肉火腿汁，色彩缤纷，味道也不错。

如今，大锅饭很少见，更别说吃到从前那样厚实的锅巴，有时就不免怀念起来。偶尔在餐桌上遇见，大伙儿眼前一亮，纷纷撸起袖子，锅巴一到手，就嘎吧嘎吧，津津有味地嚼起来。

城郊一带，开了好几家土菜馆，馆名里都带着"大锅灶"三个字。那儿烧的是大锅灶，餐桌中央置一口大铁锅，底下架木柴烧。特色菜是红烧土公鸡，还可用锅巴醮汤汁吃。我去吃过几回，还特意品尝过锅巴，感觉还是缺少了那么一点味道。

165

相框里的故乡

作者：王玉秀

迷人的粉墙黛瓦，小桥流水。

在吴冠中的笔下，江南水乡的粉墙黛瓦，是那样地充满着诗意和迷人的芬芳。而且，这也是我见过对故乡美景描述得最为恰当、最为丰满、最为贴切的语言。

那一刻，故乡景最迷人的不再是满园的鲜花，而是苍穹间无尽的宽广，湛蓝的天空，白皙的云带。蓝天上调皮的燕子，轻盈地掠过平静的湖面，引起层层涟漪。树上的嫩叶，花间的细蕾，地上的露珠，宛然一个个粉嫩的笑脸，在细柳的琴弦下，演奏着最动听的旋律。一座古韵依旧的老城，沿着台阶一级一级地登上。满目青山绿水，故乡之景，美不胜收。

这就是我眼里的故乡——扬州，很美，很艳，也很沧桑与深沉。

生我养我，串流着我们的血脉，如所有的人一样，任何人对自己的故乡都会抱有一种依恋的感觉。但人生注定在奔波中翻滚与奔走，故乡里的种种美好，就在不知不觉中变成了双眸里的记忆。

故乡，它是心灵的牵挂，双眸的追逐。张开双眼，伸开双手，你都能看得见、感受得到它在我们心灵深处的丝丝脉动。

将记忆揣在口袋里，盼哪日闲时翻读。可对于故乡，好似一刻我都不曾忘记过。记忆里，故乡的云是软绵绵的，尽管我没有真正地触摸过它，但它早已将我稚嫩的心填满。在我忧伤时，如母亲般温柔地抚摸着我，将我的烦恼抛开。在我快乐时，它又悄悄地降临，与我分享无尽的喜悦。我永远也不能忘记它，因为它能给予我无限的关怀，为我带来新鲜的期待。在它期待的目光中，我最终长成了大人的模样。

生活中，有更多的人选择用相框去保存那些美好记忆，因为怕遗忘故乡的模样，因为当你将家乡变成故乡的时候，就已经是心灵的一种亵渎。但选择用相框来装裱故乡，是在外游子无奈而又必然的一种心灵驱使。

人在孤单时，总是会想起自己以前的生活。不管是欢笑还是泪水，点点滴滴，终难以割舍。但一个人的脑袋也是有限的，承载不了更多的记忆。此时，相框便成了存储记忆的工具，是时间和空间的交汇处，是此地和彼岸的入口，是过去和现在的连接点。用封存一些照片，来定格那些美好的过往。

一个有着过往回忆的人生才是完整的，一份美好的回忆更值得每一个人去拥有。穿过晶亮的玻璃，好似相框内的美丽就在我们的眼前。那软软的热液会在不觉中慢慢地从里面流淌出来，温暖着我们的心，温柔着我们的视线。往事历历在目，仿若照片中的世界，就在我们的眼前，那么清晰与甜美。

可时间终究是一把无情刀，有时故乡会渐渐地变得阴冷和陌生，更无法承载我们沉重的思念。因为忙碌的生活早已将故乡变成一个个生硬的汉字定格在相框里，无法激起心灵的碰撞。

风景拍得再好看，看起来也会显得有些单薄。因为即便有着漂亮"相框"的衬托，但里面的风景依然那么遥远，冰冷的玻璃还是隔开了指尖的温度，让我们无法触及那沁人心的温暖。它能记忆幸福的童年，能记录温馨的物语、暖暖的回忆。但我们终究无法触摸到相框里生命的温度与脉动，它们终将变成记忆，日渐生硬。有的只是视线，其实这也是相框最本真的作用。

迷人的粉墙黛瓦，小桥流水人家，众人弹唱，但都禁不住岁月轮回，终将不在的还都是我们渴望的、想要抓住的。我们瞻望与期许的，都将流逝，最终也只是丰满了生硬相框的生命。

唉，这就是成长的代价！

这一刻，快节奏的生活，早已失去了生活的韵律与本真，忙碌与匆忙慌乱着脚步，我们根本无暇在意生活中的点滴。故乡，是你我行万里路之后还想回来的地方。所以，请你放慢脚步，不要总妄想着闲暇时去重温故乡的温度，去触摸它的脉动。其实，只要你抽出很少的时间，总能拥抱到岁月的一抹柔暖，在敦实的脚窝里，感受到时光的美好。

窥世间唯美风景，悟人生风花雪月，珍惜当下，拥抱温暖，心怀感恩，脚步畅然，愿你将人生走成花开的模样。

老家的雨天

作者：忆海忘川

国庆长假的最后一天，我窝在温暖的床上玩手机，屋外是阴沉沉的天色。一场秋雨突然不期而至，让我回忆起了老家的雨天。

印象里，似乎每次返乡，都恰逢落雨的天气。

那雨也并不见得下得有多么大，却往往要绵延上好几天，让人总也摆脱不了那种潮乎乎冷飕飕的感觉。门外就是满是泥泞的路面，一脚踩下去，不仅鞋子会变得湿漉漉脏兮兮的，便是裤腿也很难幸免。

这种时候，唯有干净温暖的被窝才是幸福的首选。感觉似乎所有的风雨与湿冷一下子都与自己不再相干，真想躲在里面永远不再出来。

不过，雨天也并不全都是这些又冷又脏的坏事。等到村庄周围的小河沟里蓄满了雨水，就会在斜坡处形成一弯溪流平缓流淌。那时，妖娆的水草就在清澈的水流中铺散开来。一眼望去，便如同是一张绿色的大毯子，让人忍不住想要赤脚站上去感受一下那异常轻柔的抚摸。

小孩子们最是受不了诱惑，一个个争先恐后地脱掉鞋子撸起裤子冲进水里嬉戏。白嫩的脚丫，翠绿的水草，四溅的水珠，如此简单却又如此欢乐与幸福。

大人们也有大人们的乐趣所在。斯文些的就稳稳端坐在河边悠悠垂钓，豪放些的干脆就直接跳到河里去拉网捕捞。人说有水的地方就一定有鱼，所以大家多多少少都能有些收获。雨天的餐桌上，鲜美的鱼肉是家家户户最为可口的佳肴。

若雨天是在农闲时节，人们自然是可以如此享乐。可若是正赶上农忙秋收，那就无异于一场灾难了。

农业发展到今天，仍旧没能摆脱靠天吃饭的制约。尤其是辛苦忙碌了整整一季之后，秋收时的那几天更是尤为关键。如果天气晴朗，大家还能稍微放缓一点忙碌的节奏，有条不紊地收割晾晒。可若是赶上雨天，尤其是遇上阴雨连绵的日子，那大家可就有得辛苦了。眼睁睁看着已经成熟的庄稼被泡烂在田地里，这恐怕是农人最最痛心的事情。为了能从老天手里抢回一点收成，即便是外面大雨倾盆，大人们也不得不在泥泞的田地里一点点往外拾捡。

在我看来，雨天干农活应该是这世间最最辛苦的工作了。此时，机械化的设备都被泥水阻挡在了田地之外，只能依靠人类自身的体力去与自然进行最原始的抗争。

社会经济发展到今天，许多农民其实都已经拥有了多重的工作身份，不再仅仅依靠田间那几亩土地的收成来维持生计。甚至只要去城市里打上个把月工，就能抵得上在田间辛苦忙碌半年的收入。即便如此，农忙时节一个个打工者还是都会选择返乡劳作，仿佛这才是自己真正本职的使命。老家的雨天，还是跟以往一样阴冷泥泞。只是劳作在这片土地上的年轻人的身影，已经显得愈加从容、坚定。

而早已远离家乡的我，对于老家的记忆，便也就这般凝缩为一幅弥漫着氤氲水气的朦胧画面。

但愿此情长久，哪里分地北天南

作者：戚飞虎

"桌面团团，人也团圆，也无聚散也无常。若心常相印，何处不周旋？但愿此情长久，哪里分地北天南？"

犹记得第一次读到南怀瑾先生的《聚散》，一股说不清道不明的愁绪便一直萦绕于心头，挥之不去。

忆想对于那时刚走出校门的我来说，或许只是一种"少年不识愁滋味"，"为赋新词强说愁"的况味。而今识了些许愁滋味，却"欲说还休，欲说还休，却道天凉好个秋！"

临近十月的苏州，气温随之骤降了好些。出门在外的人们也都换上了秋装，披上了外套。喧闹的街道、拥挤的人群……即便是傍晚的阴雨，还是没能阻挡住人们欢度节日的热忱。

这份相聚的热闹让人欣悦，但独处时的那份宁静更能让我安在其中。

绕开车水马龙的街道，独自走进粉墙黛瓦的江南小巷，任思绪随着青石板路的跫音一步步向前。街角两旁颇具古风的商铺透出来点点亮光，此刻看来倒是像极了儿时空旷田野上的星星火光。

那时，每每到中秋，我们都是那般地迫不及待，守候祈盼着夜幕的早些降临。

咬上一口必须要吃的月饼后，趁着父母不注意，便一个大步冲出门外。掏出塞在村东头矮墙缝里的火把棍，一路飞奔到刚收割完稻谷的田地里。

皓月清辉下的庄稼地里，静待火柴扑哧一声划亮，我们小心翼翼地点燃火把。空旷的田野间即刻回荡着我们"冲啊、冲啊"的追逐叫喊声。

凉爽的秋风，起舞的火把，这般弄清影的天地，真是何似在人间啊！

待到火焰燃尽，满头大汗的我们便放慢脚步，将散落的稻草根捡拾成堆，埋好红薯。明知一时半会儿熟不了，可心急火燎的我们谁都忍不住一次又一次地撩起火堆。

明月下，颤抖的火苗奏着噼里啪啦的乐章，我们蹲坐于田埂间且听风吟。

这些年回到故乡，当时的明月依旧还在，只是年少的我们都已长大成人，奔走在异乡的生活里。现今的孩子们也都乖乖地在家里玩着游戏，一片辽阔的田地里恐怕再也见不着那些追风的火光了吧。

"江畔何人初见月，江月何年初照人。人生代代无穷已，江月年年只相似。"

这样宁静的月夜，如此寂寥的乡村，我想应该就是此番模样的生命意境吧？

当我再一次蹲坐在燃起的火堆旁，已是十多年后的秋日傍晚了。儿时的玩伴变成了身旁的一名名学生，而我更像是成了这些孩子们的一员。

从一个小小孩童到一位翩翩少年，从阔别熟悉的家到告别熟知的校园，年幼的他们从小便懵懂感知着生命中的聚散离合。2012 年的中秋夜，那一晚的皓月也印在了我们每个人的心间。

"杯盏冷，欢喜空；离人别语年岁同，帘里寒尽，难解帘外春风。

一更一更孤灯，浮生若此，聚少离多。"

毕业那天，一个孩子拉着我的手问道："老师，你也要一起毕业吗？那我还能再见到你吗？"

望着他那双扑闪的明眸，也许渐渐长大的他们有一天会懂得：一件事情的结束，往往是另一件事情的开始。

就像他们由母亲襁褓里的婴儿一点点长大，一点点长高，就像他们从幼儿园升到一年级，就像几年以后他们变成方今的离人。

而散了的人，有的成了生命中的过客，有的相遇重逢再续前缘；有的则走进了我们的生命，住进了我们的心。

一念起，天涯只是咫尺；一念灭，咫尺竟也是天涯。此情若长久，又哪里分地北天南呢？

这样想着，猛一抬头，我才蓦然发现已走到了小巷的尽头。"桂花浮玉，正月满天街，夜凉如洗"。静谧的空气里，秋风溅起的星星火苗浮现在了眼前，我又嗅到了月色里家的味道。

穿越时空的火车

作者：吴瑕

认识火车是源于伙伴们闲谈间的谜语："长龙一条，往前奔跑，逢山开路，遇水搭桥，且走且叫，黑云飘飘。"谜底就是"火车"。那时候的火车都是绿皮火车，烧煤炭，开动时黑烟直冒，外观有点脏。

我家门口的小镇在汉宜线边上，快车、慢车都在小镇上停留片刻，捎走出门谋生的父老乡亲，带回远方的气息和财富，小镇的火车呼啸而来、呼啸而去，噪音很大。我们就在巨大的噪音里等家人的到来。没有电话、没有手机的年代，来回都无法联系，我们只能在火车站死等。火车汽笛声席卷着轰隆隆的车轮摩擦铁轨的声音，对我们来说都是生活的歌声，也是我们耳熟能详的催眠曲。

绿皮火车在我们童年少年的光阴里满是揣想和好奇，火车代表了我们没见过的远方，也代表了世界的广袤。火车呜呜着风驰电掣地奔驰在祖国的大江南北，有我没有见过的城市和隧道，还有车窗边一闪而过的山川、河流。从小镇，花一元六角就可以坐上两个小时的火车到省城武汉。后来，火车提速后，一个半小时到武汉。火车站总是人来人往，告别和送别，叮嘱和四目相瞩就在耳边、眼前，上演聚散两依依的深情。我曾经和父亲说想去武汉玩，父亲说："光玩有啥意思？花钱费时间。"那时候，刚分田到户，父亲天天泡在地里伺弄庄稼，我们都要跟在大人的后面干活。去花钱玩，在父亲看来，是有钱人的专利。

十五岁的时候，父亲终于带我坐上了火车，去武汉看病。第一次走进火车车厢，一切都觉得新鲜。绿色的车厢，绿色的皮沙发座椅，一边可以并排坐三人，另一边可以并排坐两个人，面对面的座椅，之间有个茶几，放茶杯零食啥的。两排六个陌生人面对面地坐，无话可说，总有些尴尬。那时候没有手机，不是看书就是和陌生人闲聊。车厢过道里不时有穿一身蓝色铁路制服的女服务员推着摆满了食物、饮料、简餐的推车，边走边向乘客兜售。还不时有穿着乘警制服的威猛汉子在车厢里寻觅可疑分子，呵护着乘客的安全。

那时候车少乘客多，车厢与车厢衔接处都占满了没有买到座票的人。他们或坐在行李上、报纸上，或靠着车厢等到站。到站后，随着人流下车、下台阶、出站，验票都是靠人工，好几个穿着铁路制服的工作人员拿着一个小剪子剪票。狭长的白色硬票上有到站名，剪过后就是不能再用了。不像现在，有电子票，刷脸就可以方便地进站、出站。

长大了，出去打工，坐火车的次数多了，对火车没有新鲜感了。有一次，在火车上看到一对伴侣不停地说话，好像是蜜月出游，恩爱得淌蜜的那种。女孩漂亮妩媚，男孩英俊帅气，成了我眼里的绝配良缘。那时我就想，等我要结婚时，一定去外地旅游一次，见识下不一样的风景。

岁月如梭眨眼过，现在我也经常坐火车，不是公务出差是回娘家，在两个城市间来回奔波。交通发达了，绿皮火车早就退役了。新的动车外观像一条鳄鱼，流线型的设计更能减少风沙的阻力。新型列车更干净，座位更柔软，不是冰冷的皮质沙发座，而是一个人一个座位。上车后拉开前排座椅后面的小桌板，搁上茶杯、书、手机，打开笔记本电脑就能上网了。食物垃圾直接放到靠背上的清洁袋里，隔段时间就有清洁工逐位收垃圾。车窗也不能随便打开，更安全了。有饮用水，还提供一次性纸杯，洗手间都用上一次性马桶坐垫，有洗手的水，提供纸巾。可以在车厢里体面地生活在当下，饿了还可以手机订餐、订咖啡。从南京回武汉老家，不用坐船在长江上漂流六十个小时了，也不用坐汽车走高速颠簸很多个小时了，直接手机上买火车票，坐动车、坐高铁三小时左右就到武汉了。早上在家吃、中午在武汉吃，成了常态。有时候抱一本书，在动车上享受地看完了，正好到站。

在南京江宁，未来网络小镇，有个未来号创业火车。这列火车是蒸汽火车头，有九节车厢，每节车厢按照不同的功能进行过升级改造。火车书屋、火车咖啡、太空客栈，在不同的车厢里，最新科技配上怀旧的元素，文艺、浪漫、创新占全了。谁能想到，这列未来号是 2016 年 1 月 9 号停开的 C7101/C7102 次绿皮火车改制的。

很多次，下了班后直接去南京南站坐动车回武汉。上了车靠着座椅打盹，下了车精神抖擞地去吃热干面、豆皮，家乡的美食到口。感受最多的还是对铁路发展的感恩。据报道，中国高铁已经实现了东西和南北各八条线路的纵横四海，全程超过三万公里，为出行节约了时间，创造了金钱和效益。再也没有距离隔开情感一说，地球都成了一个村。要是詹天佑看到今天铁路的发展，应该含笑九泉了。

高铁时代，我们走在铁路上，撞见朝霞，观过山峦，见证建国七十年的一路辉煌。

愿时光深处，生如夏花，逝如秋叶

作者：张伟红

不管是花一般的笑脸，还是历经沧桑的背影，生命，对于每个人来说，都只有一次，这个过程，就被人们称为珍惜。

——题记

她一度活成我心中的榜样，93 岁高龄，身体依然硬朗，眉眼间安详温和，与人交谈，思维清晰，吐字清楚，让你丝毫察觉不出，她已经九十多岁了。

我总是想，愿我能够拥有如此的人生旅程，如她，即使年迈，也无须儿女床前没日没夜地伺候，自己受苦，家人也累。

这样的健康长寿，该是一种怎样的幸福圆满！

我与她原本素昧平生，只是因为一种叫作姻缘的东西联结，十四年前我成了她的长孙媳。那个时候，她应该是七十九岁吧。十多年的时光，我们相处的时间并不多。她住我家里最长的时间，是在我女儿出生以后的几个月。

那个时候，她帮我做饭，照看女儿，收拾家务，总是把家里拾掇得干干净净。每天下班回来，疲惫的我看到女儿花朵一般的笑脸，听到老人说一句，"饭菜在锅里热着，赶紧吃吧"，我的心里面就暖暖地踏实下来。

她的慈眉善目，她的干净整齐，她的平和心态，都给我留下了深刻的印象。我叫她奶奶，是打心眼儿里感觉着亲切。我父亲从小失去爹娘，奶奶给了我从未拥有过的亲情。成年以后，能补得此种温情，尽管是短暂的，与我没有血缘的，却因为距离，而显得完美无缺。

我不知道近百年的时光，是怎样在她的生命里流逝的，那额头深深的皱纹刻着多少岁月的沧桑。一个平凡人的柴米油盐的一辈子，是不是也恍然如一瞬就到了尽头？

然而我知道，奶奶的每一天都过得淡然宁静，因为她常常说，活着，就要懂得取舍，命里有时终须有，命里没有莫强求。

人啊，就是活个心态。

哪里想到，白天还谈笑风生的奶奶，夜里就突然人事不醒，就再也没有醒来。我去看她的时候，她微闭着双眼，一脸的安详。若不是那从喉咙里发出的艰难的咕噜咕噜的呼吸声，会觉得她只是睡着了一样。只是那听着令人心颤的呼吸，让每一个走近她的亲人都知道，她就要离开我们了，是永远。

死神正在慢慢地带她到一个未知的黑暗的虚无的世界，亲人们眼底噙满的泪水让我不敢言语，就连我自己都擦不及不时溢出的眼泪。

这是我第一次眼睁睁看着亲人临终，没有怕，只是觉得无比压抑。这种气氛，当真是让人有说不出的揪心和痛楚。

到了中年，死亡似乎不再是那么令人恐惧的事情。在经历几场至亲至爱的亲朋好友的黯然离世后，已经渐渐能接受生老病死的自然规律了。

第七章　相框里的故乡

儿时一大家人欢聚一堂的情景，回忆起来如同昨日，历历在目，又仿佛是那么眨眼的工夫。十年，二十年……慢慢地过去了，目送的不仅仅是孩子渐渐成长远去的背影，更有一个又一个亲人化为尘土、化为青烟的哀痛。

走的人走了，来的人来着，仿佛冥冥之中自有安排。我父亲离世以后，小侄儿来到人间。而我，竟然也在没有足够思想准备的情况下，高龄怀了二胎。一个月后，新的生命又该诞生了。老天却没有给九十三岁的老人和零岁孩子相看一眼的机会。

尽管死神还是带走了她，这样的无疾而终依然是我的榜样，遗憾的是她不曾留下只言片语就与亲人永别。

生命无法预测，不管怎样的离开都充满着悲剧的色彩。我跪在她的灵前，一任眼泪滴落在青石板上。这个时候，我很想说点什么，却觉得喉咙被什么给堵住，竟一句话也无法表达。

毕淑敏在《愿你与这世界温暖相拥中》说："难过并不是因为死亡，我们可以接受死亡，难过的只是再也看不到自己的亲人了，因为分离而难过。"

这些日子，一直在阅读她的作品，那些关于生命的诠释、关于幸福的沉思，深深烙在我的心里。

我希望伴随着新生命的诞生，我的身心也能来一场脱胎换骨的改变，让我在后半生懂得珍惜，学会坚强，活得安宁而纯粹。

如若可以，请让我的后半生如夏花之绚烂，我愿珍惜，每一次日出日落、月圆月缺，珍惜一年年春来秋往、一度度花开花落。

第八章——沙漏

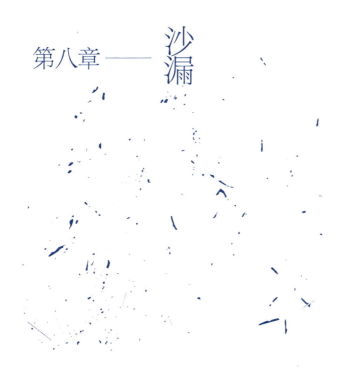

在琐碎的生活中，时间是可以挤出来的。挤时间在书中畅游古今，随书走入妙不可言的精神之旅，远离烦忧，其乐无穷。

短如苦夏

作者：王福利

再次看到它们时，在几片宽长叶子围拢的茎尖处，已蹿出了即将绽放的三两个花蕾。原本以为距离上次挖野菜的时间很短，那些半拃高的浅绿嫩叶，还是近在眼前。其实，在它们的时间计算方式里，已是半生光阴。我不想它们在这个夏天这么快地老去，即便是伏天的闷热，时时让人无法忍受。

在所有种类的野菜中，我想曲曲菜是离我最近的。在之前的许多个夏天，在土房或砖房院里的饭桌上，在租住或刚买的楼房里，从地里刚刚掐下来的支支棱棱的鲜绿曲曲菜，无数次在眼前晃动，顿顿吃，却也吃不够。曲曲菜在饭桌上的时间，比阳沟菜、苦菜等野菜多了数倍，让农村出身的孩子，可以更清楚更深刻地记住它们的样子和味道。无论是在畦垄间抑或土路旁，无论颜色是深是浅，无论叶片是宽是窄，总会一眼辨识出来，哪怕它们藏在高草芦苇之间，哪怕它们与如此相似的曲菜娘子紧邻而生。

如此之近，在院子里吃饭的时候，就可以随手在身后的墙根下、台阶下掐上一小把放在桌上，被雨水冲洗过的清亮饱满的丛叶，可以直接蘸着大酱往嘴里塞。今天掐了这个角落里的一茬，明天那个墙角又有新一茬浅绿冒出来，总也吃不完。如此之远，又如此之短，想到这些情景的时候，二三十年的时光已经瞬逝，院里用来乘凉的老枣树，多半边身子已经叶黄枝枯。现在，也会随手掐下一大把曲曲菜，但不是坐在院里的桌前，而是回到城市的另一个家，城市里的孩子与院里的那个孩子已是一样的年龄。

像生长在城市的孩子，挤在城市角落里的曲曲菜，少了农村院落、田间地头的几分爆发力，叶片窄了，颜色淡了；却又老得快了，即便正是雨水丰沛的中伏，近根的老叶已萎黄茸落，新生的顶叶也蒙着一层黯淡的深绿。或者，不是它们老得快了，是寻找野菜的人，畏于盛夏伏天的烈日火烤，或是有太多所谓的为美好理想的忙碌，太长时间没有走出楼房，与它们见面的间隔太久。在它们的脚下，没有城市或农村的区别。在我的脚下，也没有春天夏天的区别。我们都在时间的流逝里，在空间的更迭里，悄然地不受控制地行走在生命旅途里。

我寻到一株未被小小黑虫们占领的高大曲曲菜，掐下老茎顶端的一片宽大新叶，至少表面看起来没有一丝尘土，于是放到嘴里大口嚼着。一股超过了之前那些年的苦味，沿着味蕾直达心经，似是被赋予了更强的清火作用。这么多年过去，我还是不擅于以这种方式，去品咂、回味满口清苦里藏纳的一丝甘甜。我还是更习惯蘸着自制的黑酱，用酱香去中和那股清苦，用酱咸去衬托那丝甘甜；只是，做酱的人，比曲曲菜更快地老去。

沙漏

作者：玄小蛮

有人说，时间如沙，你握得越紧，它流逝得就越快。

时间只是短短的两个字，却包含了太多的东西。它可以是现在，也可以是过去和未来。我们可以形容，却又无从了解；我们想要握住它，让它停留在那里，它却在不知不觉中消失了。

时间是神秘的，是可以衡量但却不能把握的。

枯木在春雨的滋润下露出新芽，转眼间新芽就长成了绿叶。当你想要好好欣赏绿叶的时候，它又变得枯黄了。最终，枯叶从树枝上飘飘摇摇地落下，零落成泥，随风消散。

时间主宰了这片树叶的一生，它在我们没有注意的时候绚丽过，又在我们没有注意的时候消失了。它的一生是极短的，但却不留遗憾，因为它从来没有抱有希望。

可是，我们呢？

我们在父母的注视下出生、长大，在周围人群的注视下做着想做和不想做的事情。熟悉的人和陌生的人将我们紧紧包裹住，我们抱有希望，所以不想让他们失望。我们用努力换来的可以是他们的欣慰一笑，也可以是我们失魂落魄地远离时留下的东西，那种东西叫作遗憾。

时间像沙，妄图紧紧握住的人，只能痛苦地看着它一点一点地流逝。他们太过注重这沙子了，从而忽视了他们本身。

每个人都像一个沙漏，沙漏里承载着沙子，承载着时间。

在我们出生之时，沙漏是满着的，我们的心也是满着的。随着时间的流逝，沙漏里的沙子渐渐变少了，留下的空间就成了我们心中的漏洞。我们想用什么东西填补它，可最终只能看着漏洞越来越大。我们越焦急地填补，就越早地发现，我们无可奈何。

美好的东西对我们来说是彩色的，这种彩色不是天生的，而是后天渲染的。彩色的美好渗透到我们的心里，将沙子也渲染成了彩色。在沙子慢慢流逝的过程中，沙子的彩色停留在了沙漏上。当沙漏变空时，整个沙漏就变成了一个充满色彩的美好事物。

这种美好叫作回忆，叫作珍惜。

漫步在喧闹的大街上，我的左手牵着一只温润的手，右手牵着一只娇小的手。温润的手是我的妻，娇小的手是我的子。我左手牵的是我的倒影，右手牵的则是我的年华。

倒影会陪伴我一生，年华则会渐渐失去，但它不会消失，而是在离我极远的地方慢慢长大。也许我能看到他老去，也许我只能陪着我的倒影离开这个世界，留他独自一人在这世上，描绘属于他自己的沙漏。

倒影和年华将我的人生沙漏渲染成了彩色，我爱他们，珍惜和他们在一起每分每秒的时光。我悠闲地看着沙子在沙漏里渐渐流逝，痴迷地看着沙漏逐渐变空、变彩。当沙漏变空的那天，我会死亡，但却会像那片树叶一样不留遗憾。

将我的沙漏渲染成彩色的是左手的倒影和右手的年华，那将你的沙漏渲染成彩色的是什么呢？

一转身却是后会无期

作者：戚飞虎

寂静是此刻乡村唯一的声音，尽管现在只是晚上的七点。不远处的马路上，时不时传来汽车呼啸而过的声响，伴随着照射过来的远光灯，乡村显得更加孤独。

曾经只容得下两个人并排行走的马路拓宽了两倍，可走的人却没几个了。一辆车驶过，扬起的灰尘被风吹得好远好远，喧嚣而上。

在外一年，我又回到了这里，我的故乡。

曾经的它是那么地熟悉，熟悉到每一个犄角旮旯我都能如数家珍。可现在，它却变得如此地陌生；凋零的枯木、未化的积雪，我们相对无言。

城镇化的中国让很多这样的乡村，让很多固守在这片土地上的人们离开了这块天地，向着城市奔涌而去，只留下年迈的老人们守在空空落落的房间里。

在这个旧历新年里，他们倚着门框，久久地张望，盼着远方孩子的归来。他们就这样站成了一幅画，有的被人忘却，有的被人记起。

每年的此时，这幅画总是会不经意地在我的脑海展开，每一帧都是那么地清晰可见。

这些年回到家里第一件事便是去看望老人，用父母的话说："到了这个年纪，是见一面少一面了。"

我的外公今年九十五，外婆九十四。两个老人粗茶淡饭，一辈子养育了四个子女。如今，年迈的外公照料着外婆，相濡以沫，相依为命。

见到我们回来，他们是那么地开心，在门口早早地迎着，像个孩子般地微笑着。

外婆的手当年坐月子时没有调理好，一直会抖个不停。如今，这把年纪就抖得更厉害了。她颤颤巍巍地从椅子上起身要给我们倒水，母亲赶忙接了过去安抚她坐下歇着。她又转过身去，一步一步往前挪动着，从当年出嫁时的衣柜里摸出一个圆形的铁盒子。

我知道，那里面装着我小时候最爱吃的糖果。只是外婆的眼睛已经模糊看不见东西，耳朵也听不到我们讲话的声音。那个铁盒子也早已锈迹斑斑，而我也已不是那个嘴里含着糖满屋奔跑的小子了。

可我还是双手捧住接了过来，从中挑了一颗。这种硬糖嚼起来似乎也更费劲，酸甜的糖味儿在舌尖上打着转。

"好甜，真好吃！"嘴里这样说着，喉头间却像打了结，一下哽咽了。

尽管我的声音很大，可外婆还是听不清楚，只是高兴地点点头，含含糊糊地说着自己的话。

母亲将菜洗好切好，父亲在灶下架着柴。小小的屋子里传来哧啦哧啦的炒菜声；老式烟囱里跑出的烟立刻弥漫了整间屋子。

午日的一缕阳光悄悄地射进来，我却第一次从暖阳里嗅到了家的味道：柴米油盐佐料下的酸甜苦辣。

一间简陋的屋子，一顿普通的家常饭，我却吃得格外地香。一旁的外公时不时地放下筷子，将我们的话一遍遍地说给外婆听。

她一边咀嚼着饭菜，一边点点头笑着；眼睛因为进风淌下几滴泪来。

一天的时间过得很快，要走的时候，外公拄着拐杖，搀着外婆把我们送到了屋外。

我们回头招手，让他们赶紧回到屋内。可直到长长的路口处，我看到他们还靠在门边张望着，亦如那幅展开的画一般。

所谓父女母子一场，只不过意味着，你和他的缘分就是今生今世不断地目送着他的背影渐行渐远。你站立在小路的这一端，看着他逐渐消失在小路转弯的地方。他用背影默默告诉你，不必追。

不必追寻，可是心里又何敢放下？

这一生很长，漫漫人生路，我们奔波其间，上下而求索。这一生却又太短，多少人一个转身就是一辈子再也不见。

暗淡的眼眸，佝偻的脊背，逝去的岁月。人永远都不是慢慢变老的，只是一瞬间你才蓦然发现韶华本就易逝，生命向来无常。

曾经农业社会里的大家族，在城镇化的进行中成了一个个小小的家庭。宏大的天地间，那一个个的人又是那么地微乎其微。

手指触动着文字，泪水却再一次沾湿了我的眼眶。家长里短，村里村外，我才发现记忆里的孩子已长大，身体健朗的乡亲已老去抑或离开。

也许后来的我们总算学会了如何去爱，可是那个人早已远去消失在了人海。也许大了以后我们才有了后悔莫及的情感，可是上天又何尝给过我们再来一次的机会呢？

当文字的故事终究和乡村的人纠缠在一起时，我多么希望停下匆匆的脚步，去看一看日渐老去的亲人，去走一走日渐消逝的乡村，趁阳光正好，趁他们都还在。我们总以为的来日方长，又有多少次一不小心便成了后会无期呢？

珍惜当下，来日并不方长

作者：三木

天气渐渐转凉，让人根本只想吃东西而不想动窝。天空永远都是铅灰色的，好像在酝酿一场初雪，却又吞吞吐吐别别扭扭地不肯降临。

难得的一个周末，工作学习都已经完成的我正在被窝里做着美梦，但是却被一阵手机的铃声吵醒了。我原以为是前一天我忘记关掉的闹钟准时叫我起床，连眼睛都没有睁开，熟练地摸到手机的位置然后向上一划，却发现铃声还没有停。

艰难地睁开我的眼睛，才发现是一串熟悉的亲情号码。我慵懒地接起了电话，从手机里传来的果然是那个熟悉的声音："女儿啊，妈妈在网上买的那个东西有点问题，你能不能帮妈妈处理一下？"

深呼了一口气，我先是抬起了我的左手。手环告诉我，现在的北京时间是早上七点二十分。我难得的一个懒床就这样被我的老妈打断了。帮妈妈处理完她网上买错的东西，已经是一个小时之后，我的懒觉计划就这样还没开始就画上了句号。

由于我在外地，家里只有一个幼小的弟弟，家里任何他们解决不了的问题都一定会第一时间打电话给我，不管我是在上班还是在睡觉。可是，最令我无奈的不仅仅是这些，而是来自我妈妈那讲不清楚事情的唠叨。

就拿前几天家里电视忽然不能用的事来讲，家里的电视是连着无线网的，不能用应该是网络有问题，应该可以直接打网络维修的联系电话，这件事我和我的老妈说了一个多小时的时间。当时我正在上班，电话就这样一个接一个地不停地打了过来。

就因为这个，我被自己的老板发现，直接扣了我当月的奖金。除此之外，还有各种各样奇葩的事情，我的老妈都能找理由打电话给我，从而影响我的生活。

而当我休息回到家之后，我的老妈又会由于各种各样的原因嫌弃我，并且和我闹各种各样的别扭，以至于我改签机票想要早点离开家。

有一次，还是我正在上班的时候，我又一次接到了来自家里的电话。但是，这一次是爸爸打来的电话。由于马上就要开一个会，我毫不犹豫地便把手机关了机，打算会议结束之后再回拨过去。

会议很成功，我却将给家人回电话的事忘了个一干二净。直到我发现妈妈已经很久没有给我打电话，我第一次主动地拨打了亲情号码。然而，接的人却并不是妈妈，而是我的弟弟。

我问他妈妈去哪儿了，他的回答却让我异常难过。原来，前几天爸爸主动打电话给我，就是因为妈妈突然生病住院，爸爸希望我能回家一趟，而我却因为一个会议而连一个电话都没有打回家。

从那以后，妈妈的身体虽然没有什么大问题，但是却落下了病根儿。而我也好像变了一个人，我不再对妈妈不耐烦，因为我知道了妈妈平常给我打电话也只是告诉我，她想我了。

也是从那以后，我才知道对父母，不能因为人在外地就可以将之当作不关心他们的借口。不要等到失去的时候才后悔莫及。如果爱，请珍惜当下、珍惜眼前的一点一滴，因为来日并不方长！

挤时间读书乐无穷

作者：陈玮

我从小喜爱读书。自从走出校门步入社会，特别是结婚生子后，繁杂的家务与社交应酬等占据大部分时间，极少有时间读书。莎士比亚说："生活里没有书籍，就好像没有阳光；智慧里没有书籍，就好像鸟儿没有翅膀。"求知的渴望与模式化的生活使我焦虑、迷茫，我像航行在大海中失去方向的船，无助地徘徊、飘摇。

一日，读加拿大女作家爱丽丝·门罗的作品，读到"人只要能控制自己的生活，就总能找到时间"，我茅塞顿开，决心挤时间读书。

我是个追求完美的人，不仅着装讲求特色，还留了一米多长的秀发。梳披肩发俏丽省时，可我的工作不允许披发。晨起梳头需要二十分钟，特别浪费时间。我为此苦恼，每日在是否剪发中纠结。那天，我把书立在梳妆台镜子前，边梳头边看书。当我把发辫挽起，恰好读完三篇短文。我开心地笑了，没有往日梳头时惜时的焦急，镜子中的自己格外精神、靓丽。自此，我坚持这个一举两得的好习惯，日积月累，读书量日增，气质也越来越好。

女儿中考，乔迁陪读，每天上下班一个多小时往返车程让我备受折磨。坐在车上无所事事，焦躁难耐，勾起许多烦心事，真有度"秒"如年之感。一天乘车，无聊四顾，看见前座一位文质彬彬的男士聚精会神地读书，眼前一亮。第二天坐车，我捧起书，沉浸在书中，不知不觉到达目的地，不再为坐车枯燥而苦恼，增添了新的乐趣。四季更迭，车上读到应季文，情不自禁举目遥望，恍若置身大自然中，读读、望望，情景交融，妙趣横生。

鲁迅说："时间就像海绵里的水，只要愿挤总还是有的。"我尝到挤时间读书的甜头，每日书不离身。在银行排队存取款时捧书品读，远离等待的焦灼；在洗手间、沙发扶手、床头等处放书，见缝插针，总有收获；我还改变了做完家务再读书的习惯，读、做穿插，劳逸结合。外出时，在人声嘈杂的车站闹中取静，从心灵出发，别有一番情趣。渐渐地，我惊喜地发现，细碎的时间利用起来，一年可以读二十多本书，生活变得充实、丰富多彩，自己的心胸也随之开阔了。

法国启蒙思想家孟德斯鸠说："喜爱读书，就等于把生活中寂寞无聊的时光换成巨大的享受时刻。"在琐碎的生活中，时间是可以挤出来的。挤时间在书中畅游古今，随书走入妙不可言的精神之旅，远离烦忧，其乐无穷。

192

四月之痛

作者：农秀红

四月的清明是中国人对先人、对亡者的纪念日。

因为从事公安宣传工作的缘故，在痛失公安英雄的时候，目光便总是追随着他们，也接触过很多烈士的父母及家人。英雄的事迹总是让我深受感动，更令我感动的是那些失去亲人的家人勇敢面对人生的积极态度。1999年广西壮族自治区成立五十周年大庆时，我们策划了警察烈属参观团活动。我与烈士钟振宇的妈妈何阿姨聊了起来。"儿子走的时候二十七岁，太年轻了！"白发人送黑发人的无限感慨最终凝成这一句话。她说，在失去了唯一的儿子之后，老两口专门去领养了一个才五岁的小女孩。一个有孩子的欢声笑语的家，给了他们全部的安慰与寄托。

从某种意义上说，死亡是一种永恒。每一个生命都不能再修改。民警韦伟当然也一样，2001年10月，他永远地把自己留在了32岁的年纪上了。

韦伟的妻子小黄是个数学老师，1977年出生。我不敢想象，一个女人如何面对人生中这样的痛——女人在生命情感的深处，失去一个深爱着的男人是怎样的痛啊！我也是一个母亲，我的孩子也跟她的孩子差不多大。以心贴心的无距离，我想我能感受得到她作为女人今后人生之路的艰难。小黄很秀气，善良于她是一种不张扬的美。还记得采访她时，她哭了。后来，她悠悠地又叹了口气，告诉我："跟我住的小翁，比我还惨。"

小黄跟我说这话的时间是 2002 年初，全国公安战线组织开展以"弘扬英烈正气，共铸金盾辉煌"为主题的慰问"严打"整治斗争中牺牲民警的家属和英雄模范的活动。"刚来报到时，我见没安排人跟我一起住，我很高兴。我是怕别人问起来，我会控制不住自己的。后来，她来了。她这次是跟她的母亲一起带孩子来的，小孩正在发烧，她们就住在亲戚家。只是中午，我们在同一间房里呆了一下。我没去问她太多，毕竟自己也有伤口，我不想触动她。我只问她有没有孩子，她说有，十一个月大。然后，我们都哭了……"

她们作为住在同一间房里的同命人，是应该抱头痛哭的。但她们都懂得体恤对方。她们是在用哭声支持着对方啊。"看到这世上跟我这样命苦的人，我的心平和些了。"想不到，这样的相聚对于她们竟然成了一次精神的相互鼓励。看到这世上还有这些与自己命运如此相似的女人同样也在努力地经营着生活，她们于是有了交流、倾诉的欲望，也有了更好地生活的勇气。明白到这一点，当时的我顿时惊得说不出话来。

活着是一种美好。因为热爱，平凡的我们都对生命倍感珍惜。但任谁也不会怀疑，作为人民群众保护神的民警们，在平凡而日常的侦查破案、伏击守候、昼夜审讯、深挖线索、连续作战中，给万家灯火带去了祥和的平安与润物细无声的感动。我为自己身在这样一个充满激情与奉献的团体而感到自豪。我为自己身边那么多前仆后继的同一战壕的战友感到骄傲，就是打心眼里不愿意听到或看到民警流血牺牲的消息。

因为我知道，走失的都是回不来的。然而，深刻的印记已经留在我们的记忆里，也许不知不觉，也许还化成了我们身体里的一部分存活着。

让人很不甘心的是，很多时光渐渐走失了；让人很不甘心的是，它还携带走一个个生活片断，一个个我们甚至没有实现的梦想。每天，它慢慢地从我们掉落的头发里掉走了，慢慢地从我们说过的话里说出去了，慢慢地随着一个人的离世而永远被淡忘了⋯⋯

四月之痛其实痛在清明。因了扫墓，慎终追远、敦亲睦族，清明因而成为中国人温暖而重要的节日。这个中国味儿十足的节日，流淌的是中华民族的传统精神。那些流传千古的优良品质一点点地注入到我们的血液和生命，就这样构成了我们这个民族独特的精神内涵。

痛之四月，生之四月。

圆明山的慈悲

作者：福 7

圆明山俗名寺耳山，抚宁县《拦马庄乡志》记载："圆明寺在寺耳山主峰南面。碑文记载始建于唐朝，明成化、万历和清乾隆及民国初年均有重修。现存古神柏一株和古寺庙遗址。"

我和先生虽犹豫天黑前能否下得山来，到底没经住圆明山茂密松林的吸引。顺着安稳弯曲的栈道，我们迈开了探寻的脚步。

松荫蔽日，已是下午时分且又阴着天。漫步山中，仿佛时光也随着光线渐暗而凝滞起来。踏着敦实温厚的木阶，浮躁被抖落，沉寂在脚底，又化作尘埃飘在光影斑驳的空气中。随着我们的深入，平地挑起的栈道发出步步空灵的回响。

栈道中间偶有松树挺立，栈道和树的交接处被设计者细心地挖掉个同心圆，且比树的周长放宽几寸。几十年间，树木的生长起码无忧了。

再往后呢？再往后，栈道也就该重修了吧。能想到百年内已是一种进步，比起将之砍伐，建出平坦之道，总觉有份慈悲在里面。

山势并不陡峭，路也走得徐缓不急。栈道旁树与树之间有细绳，上面横挂着青、黄、红、白、橙的五彩布条。记得这是代表佛家的布施、持戒、忍辱、精进和禅定。布条上面印满了我看不懂的梵文。

有山风吹过，松枝巍然不动。五色梵旗轻摇慢卷，撩拨着空气中的土香、草香和松香。平日被琐事湮没的迷茫消失了，如梭时光曾带来的一丝隐痛也被平复。

总有些事物穿越尘世、历经曲折而不泯于世间，如眼前这经文。也总有些寻常易逝却又更迭复出的事物，如我们的烦恼。

这一刻，风动幡起吹皱的是我的心，打动我的是看不懂的经。帝王将相、寻常百姓、累世芸芸众生的苦是否曾被安抚，谁会有个确凿的答案，又有谁想去知道这个答案。

不重要，都不重要。只要意欲拯救众生的经文还在这里，只要我们内心渴求安宁的脚步不曾停歇。那些错过、纠结过、困惑过的以往，只应算是山风掠过心田。常驻的该是那永世的梵音、不息的彩幡、静默松影般的了然。

眼前出现左右两条岔路，我们两人竟意见不一，一说左、一说右。看他举步赴左，我虽有狐疑亦趋步跟上。上山前曾向一老农打听，知道栈道环寺依山而建，必有半数路该是下坡。眼见路越走越上，两人遂折身下返。

回到岔路选另一方向，身边之人嘱咐一句："你慢点走，我前面看看路况。"顺阶而下，身影隐没在拐弯处。

得了嘱咐的自己蹲下身来，用手指拨弄一条长有明黄条纹、像极了弹簧的好看的黑色爬虫。它似乎吓了一跳，我指尖碰到硬壳下的绵软，那触感把自己也吓了一跳。缩回手指，它无数条黑色的脚轮番前行，有序地抬起、落下，好像一波一波滑行，甚是有趣。我用鞋子给它规划出路线，让它离开了栈道中间。

起身前行，不知不觉中，旁边松林已被各种杂树所替，栈道外土地上有野花开放。这些小小的看似孱弱的花朵，在微距镜头下根本不输名花之丽。平时被忽略的细节放大在镜中，丝丝瓣瓣极具震撼之美，一花一世界。

前面猛然传来先生欢快的呼喊："来啊，咱们走对了。"我心里暗笑这个呆人，非左即右，明明没得选，偏他这大呼小叫让人凭空生出几多欢欣。

回到山下，一对卖鲜蔬水果的夫妻和善地指着凳子让我们休息。暮色微胧，呼吸着山里纯净的空气，放松着疲倦的双腿，感恩他们的善良。

我们将要动身离开时，山上下来一对父子。爸爸拿着一个硕大的弹弓，旁边不到十岁的男孩手里，倒抓着两只鸽子般大的鸟。鸟头无力地低垂，被瘫软脖子带动一甩一甩地晃着，俨然已无生命气息。

孩子扬着如花的笑脸崇拜地看着爸爸，这笑容让我有些不忍卒读。

旁边寺中香云缭绕，空气中飘散着檀香。香云日复一日燃着，努力开解着众生的冥顽。我想，或许我们该率先开启自己慈悲护生的心门。

从天际铺来的阴暗逐渐延至脚下，灰色的庙宇在暮霭中分外沉寂。

小丑

作者：凉月满天

这三个人我不认识，只知道他们很会跳舞。

这次跳的是《小丑》。

认识他们是在一档子喜剧表演竞赛节目，这个节目陆陆续续上来过好多人，相声、小品、哑剧、舞蹈、魔术、话剧，长得俊俏的、模样磕碜的……

总是在初赛的时候节目最轻松，不约而同拿舞台当幼儿园的跳床和摇摇马，玩儿似的搞怪，不亦乐乎。复赛就不约而同地郑重其事：郑重其事地谋篇布局，郑重其事地搞怪逗乐，郑重其事地玩给人看——就像小儿玩的皮球里灌上了水银，还在玩，却玩得沉重。

及至闯过复赛，到了决赛，情势就变得很古怪。

不是在玩了。不约而同地，都想要在这个舞台上表现一些笑背后的东西，好像是在说："啊呀，终于轮到我说话了，我说话终于有人听得见了，那么，就让我说一点真实的东西吧。"

而真实的，就都是不好笑的了。结果，就成了明明冲着搞笑去的，却愈搞愈悲凉。

这三个本来是跳舞出身，却演三个小丑。这三个小丑呢，在大街上卖笑挣饭吃，遇见巡警就捉弄一下，被巡警反捉就拼命逃。看见美女也都心里爱，可是美女转来转去，却跟着有钱人离开。三个人露宿街头，分吃半块饼。天亮了，鸟叫了，大家都醒了，三个小丑走了两个，熬不下去了：一个把红鼻子扔下，一个把盛钱的破毡帽扔下，只剩那个扮演卓别林的，拿着拐杖。他也想走，可是拐杖不肯听他的话。他往街心站，拐杖软绵绵；他拔脚走，拐杖跟他拔河——哪里是拐杖跟他拔河，是他的心意跟他的脚拔河。

空旷的舞台，响起《小丑》的歌："掌声在欢呼之中响起，眼泪已涌在笑容里，启幕时欢乐送到你眼前，落幕时孤独留给自己……小丑，小丑，是他的辛酸化作喜悦，呈献给你……"

孤独的小丑和着乐曲跳舞，台下的人都在哭。

可是，台下的人，你们又在哭什么？

刘德华在《解救吾先生》里演那个被绑架的吾先生，死到临头唱《小丑》，演员就不是小丑了？教师就不是小丑了？为官的、做宰的、挑柴的、卖菜的，哪个又不是小丑呢？世情本就两张脸，人后脸哭，人前脸笑，热热闹闹。

却不过观众热情，这三个人又表演了一个小舞蹈：一个人想突围，却总也突不破另外两个人罩上的地网天罗，最终是他倒挥着手臂被拖走，眼神里是海样的孤独。突围是每个人的困境，突不破的人，都是这么不甘心地倒挥着手臂被拖走。

一个女友说她的女儿表扬她："妈妈，我从头至尾看了你的一本书，才知道你不容易。平时只觉得你风光，原来你这么不容易。"容易的大家都看见了，不容易都在自己的心里，喜剧的本质永远是悲剧。

"生死去来，棚头傀儡。一线断时，落落磊磊。"这是日本著名能剧师世阿弥的《花镜》里的一句话，意思是："人生在世，不过是像傀儡一样的躯壳，当灵魂离开肉体的时候，剩下的躯壳就像断了线的傀儡一样散落一地，很多东西，对于当世来说，都是抓不住的。"

抓不住，却又不停去抓，谁让我们都是小丑呢。

白米饭之魅

作者：米丽宏

一餐饭中，饭与菜，何为主，何为次？意见不一。

现实中，往往于宴席的尾声上，饭才姗姗上来。那时节，美酒肴馔已经占据胃肠；饭，作为主食，又往往只是陪衬，像女高音最后抖上去的那一抹花腔。

而饭，却又被认为是最养人的东西。一方水土一方人，大江南北饭不同：南方人吃白米饭，类似于北方人吃馒头面条。饭，比之于佐餐之菜肴，味淡、朴、平、素，更合胃肠。一餐一饭，化成人的血肉，供养着人的生命。

漂泊时，它抚平你心头的创伤；安逸时，它像你初恋时分的纯洁思想。

旧时好多有传承的人家，有个餐桌规矩：一桌子琳琅佳肴前，先吃三口白饭。长辈一代代教诲：第一口必须先吃饭，而绝不能没吃饭就夹菜。

这个规矩有来历。明朝的一部养生专著《遵生八笺》中说到，一位僧人，吃饭总是先淡吃三口："第一，以知饭之正味。人食多以五味杂之，未有知正味者。若淡食，则本自甘美，初不假外味也。第二，思衣食之从来。

第八章 沙漏

第三，思农夫之艰苦。"

我想，三口白米饭，是提醒你，食之本，在饭；饭之味，为源。饭味为正味，正味恬淡素朴。一碗白米饭的味道，是百味之基。饭之甘，更在百味之上。其甘，是符合自然之道的味，是粮食本身的甘；其美，是得自日月山川的美。

它滋养人身，也颐养人心。

清朝名臣曾国藩的家书，被人称为"中国古代成功学四书"之一。他于同治十年（1871 年）十月二十三日写信给弟弟："吾见家中后辈，体皆虚弱，读书不甚长进，曾以养生六事勖儿辈：一曰饭后千步，一曰将睡洗脚，一曰胸无恼怒，一曰静坐有常，一曰习射有常时（射足以习威仪强筋骨，子弟宜学习），一曰黎明吃白饭不沾点菜。"

这封家书的主题堪称曾氏养生六要，其一便为"黎明吃白饭不沾点菜"。早餐白米饭，不加佐菜，调料也无，只一大碗白花花的米饭吃下去。

无独有偶，乾隆时期书画大家郑板桥也有一封写给弟弟的家书道："来书言吾儿体质虚弱，读书不耐劳苦……则补救之法，唯有养生与力学并行，庶几身躯可保康健，学问可期长进也，养生之道有五：一、黎明即起，吃白粥一碗，不用粥菜；二、饭后散步，以千步为率；三、默坐有定时，每日于散学后静坐片刻；四、遇事勿恼怒；五、睡后勿思想。"

两人的修身之道，有惊人的相似之处，特别是黎明一碗"白米饭"等四则，几欲雷同了。那白米饭，不咸、不甜、不辣、不酸，平淡，质朴，近乎无味，然它化之于天然，最慰肠胃。"养内者以活脏腑，调顺血脉，使一身流行冲和，百病不作；养外者咨口腹之欲，极滋味之美，穷饮食之乐，虽肌体充腴，容色悦泽，而酷烈之气，内浊脏腑，精神虚矣，安能保全太和？"是以，善养生者养内，不善养生者养外。

而日餐一顿白米饭，坚持下来，人会渐渐习惯这种素淡口味；也会由一碗白饭，渐渐引发开去，思考社会、思索人生。它打开了内心追求的一条通道。基于"淡"处看世界，人会拨开障目枝叶，看到阔大森林；会拨开云雾缭绕，看到生活本质。为人处事，会借着这"淡"的品位，清醒很多。

所以，每天一碗白米饭，它不仅于养生层面裨补于人，做人的层面，也是一种打开与启迪。在习惯养成的过程中，一碗白米饭，会为修炼人格、提升人生境界，供应源源不断的秘密能量。

有米饭之正味，才衬得五味之鲜美。识得正味，安于正味，面对光怪陆离的重口味，才会不陷、不贪、不羡。

人生之正味，亦在白米饭中了。

时间的主人

作者：李晓明

熊培云在《自由在高处》中说："我们关于生不断开命意义的挖掘，并非忠诚于地理与环境，而是忠诚于我们自己的一生——正是通过这段时间我们参与并见证一个时代。……以生命和时间的名义，每个人作为其所生息的时代中的一员，不应该停留于寻找地理意义上的与生俱来的归属，而应忠诚于自己一生的光阴，不断创造并享有属于自己的幸福时光。"

对于我们每一个人来讲，最宝贵的东西除了我们的身体，就是能属于我们支配的时间了。在时间的畅游中，去得到我们应该得到的，失去那些必然失去的。人生沉淀到最后，对时间的珍惜和利用，就是我们一生积蓄的所有。

时间跟金钱是无法比拟的，金钱花了还会再挣，而时间则是一去不复返。对每个人来说，时间跨度的长短无甚意义，有意义的是你怎么去利用它。有的人在消极抱怨中度过一生，有的人在积极努力中度过一生，有的人在敷衍苟且中熬过一生……每个人都应该是自己时间的主人，不同的人对于时间的不同态度，也就成就了每个人不同的人生之路。

掌控时间的能力，就是人生活到最后所拥有的东西。我们在时间里去爱、去恨，去欢喜抱怨；去争、去抢，去创造财富；去跑、去跳，去满足欲望；去哭、去笑，去品味生活……时间成了一个大染坊，把我们的人生染得五颜六色，染得面目全非，染得连自己都认不出自己是谁。但是最后，时间总会还你那副最本真的面孔。

很多事情，不必急于知道结果，时间会告诉你；很多人，不必急于去交结了解，时间会告诉你；很多误会也不必急着去解释，时间自会去还原澄清。时间，给了我们每个人不一样的位置、故事、空间、心情和思维。只有在心中明确地知道自己想要什么，想为之终身努力什么，你才会得到什么。失败或者成功只是一个结果，而经历的或苦或乐的过程，才是最应该被珍视的。

说到底，这个世界是由时间来创造的，它经过了亿万年的洗礼进化，才重生出现在这个样子。我们有幸在这条时光隧道中走上一程，成为时光抹不去的一粒沙尘，就该好好珍惜这段行程上的风景和人。

历经时间长河的流逝，只有遵从自己的意愿而过的时光，才是真正属于你自己的时间。只有做了自己时间的主人，你才是世界的主人。